我们
在咸阳

中国银行扶贫故事

中国银行定点扶贫工作领导小组 / 编著

作家出版社

咸阳市海拔分布

比例尺：1：138 0000

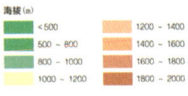

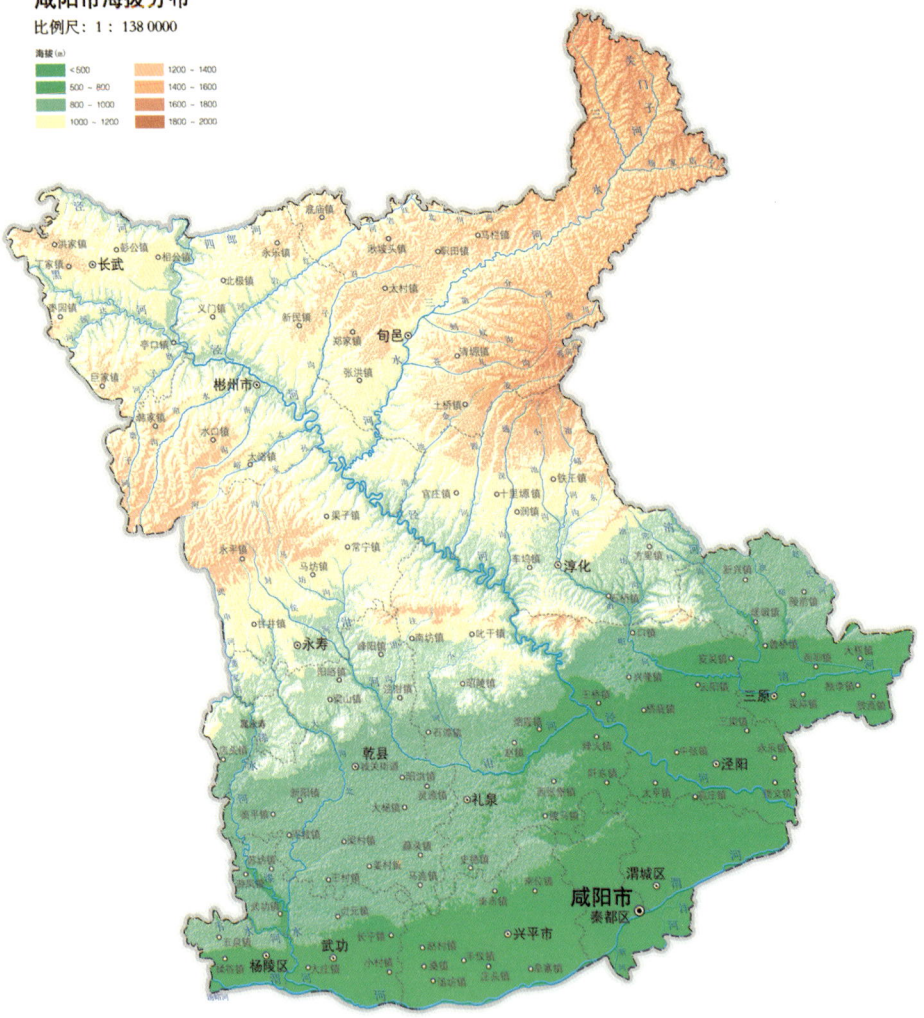

海拔(m)

<500	1200～1400
500～800	1400～1600
800～1000	1600～1800
1000～1200	1800～2000

长武　洪家镇　彭公镇　相公镇　泉面镇　永乐镇　马村镇　新田镇

北极镇　义门镇　新民镇　旬邑　郑家镇　清塬镇　太村镇

辛口镇　张洪镇　土桥镇　钳二镇

彬州市　水口镇　果子镇　富庄镇　十里塬镇　七里镇

巨家镇　新庄镇　常宁镇　车坞镇　淳化　新房镇

永丰镇　马栏镇　胡家庙镇　安乐镇　新庄镇　大程镇

伴井镇　永寿　甘井镇　固贤镇　比干镇　兴隆镇　陂阳镇

监军镇　店头镇　渠子镇　三原　嵯峨镇　独李镇

永太镇　乾县　峰阳镇　石桥镇　城关镇　泾阳　陵前镇

阳洪镇　礼泉　太平镇　云阳镇　永乐镇

薛禄镇　昭陵镇　史德镇　烟霞镇　白王镇　渭城区

武陵镇　东乡镇　叱干镇　咸阳市

杨陵区　武功　长宁镇　兴平市　秦都区

小村镇　桑镇

图片引自《陕西省地理省情图集》（西安地图出版社出版）
审图号为：陕S（2018）026号

图片引自《陕西省地图册》（西安地图出版社出版）
审图号为：陕S（2015）008号

本书主要人物简介

王　蕾

女，47岁，中国银行投资银行与资产管理部副总经理；2016年12月至2018年12月，挂职陕西省咸阳市政府党组成员、副秘书长；2019年1月至今，挂任陕西省咸阳市政府党组成员、副市长，总行咸阳扶贫工作队队长。带领总行咸阳扶贫工作队荣获"全国脱贫攻坚先进集体"称号；2021年3月荣获"中国银行脱贫攻坚突出贡献奖"。

王　勇

男，50岁，现任中国银行陕西省咸阳市分行主任级高级经理；2018年5月至2021年5月，挂任陕西省咸阳市淳化县副县长，2021年3月荣获"中国银行脱贫攻坚突出贡献奖"。

方　傲

男，36岁，现任中国银行人力资源部高级经理；
2017年8月至2018年5月，任陕西省咸阳市淳化县方
里镇桃渠村第一书记，2018年6月至2019年8月，任
永寿县渠子镇张贺村第一书记，荣获2018年度"全
国金融五一劳动奖章"；2021年3月荣获"中国银行
脱贫攻坚突出贡献奖"。

王剑峰

男，37岁，现任中国银行办公室高级经理；2018年5月至2021年5月，任陕西省咸阳市淳化县大槐树村第一书记，荣获2020年度"全国五一劳动奖章"；2021年3月荣获"中国银行脱贫攻坚突出贡献奖"。

崔海涛

男，33岁，现任中国银行单证中心高级经理；2018年12月至2021年5月，任陕西省长武县巨家镇马成寺村第一书记；2021年3月荣获"中国银行脱贫攻坚突出贡献奖"，2021年6月荣获"陕西省脱贫攻坚先进个人"。

目 录

第二章　我们的新身份——从金融白领到基层干部

第五章　我们的新生活——从北京到马成寺

前言：红色土地上的"中国银行红"

黄米饭，喷鼻香。

肩挑来呀毛驴扛，

翻沟过山梁，

快把公粮送前方。

黄土地上的小米，保存了革命的火种。马栏村的七口窑洞，温暖了北上延安的好青年。村村打红旗，家家跟党走，户户有红军，这里曾是解放战争的最前线。

历史有记忆，这片热土的付出，在泛黄的档案里。1936到1937年，在中央红军最艰苦的时期，陕甘宁边区关中特区四个县上交公粮159.9万斤。解放战争时期，老区人民节衣缩食，支援人民军队。1948年，新正县向部队运送军粮5500石、军鞋48500双。1947年一年，关中特区群众救治伤员169名。

马栏革命纪念馆内的雕像群

历史有记忆，这里人民的奉献，在口口相传的荣光里。1949年9月，旬邑县组建513人的担架队和224头驮畜，随贺龙率领的华北野战军第十八兵团，由陕入川，进军西南。"来自旬邑老区的支前队，忠勇精干，听从指挥，有正规军的纪律，为我军做出了榜样。"贺龙元帅高度评价老区贡献。

"一盏灯儿满窑亮，拥军做鞋连夜忙。"红日照耀陕甘高原。这里，是一方红色热土。

不忘初心，方得始终。迈进新世纪，在这片红色土地上，一抹亮丽的"中国银行红"，给老区人民带去了温暖和慰藉，引梦想的光束照入现实。从长武县巨家镇马成寺村半山腰的饮水安全工程，到旬邑县马栏镇阳坡头村的军民共建光伏电站，从淳化县石桥镇大槐树村年销售过千万的村级电商，到永寿县永平镇幸福院里贫困户张西平老两口幸福的笑容，"扎扎实实脱贫了，铆着劲头要致富"，是老区人民对这一抹红色十八年陪伴最好的回应。

永寿、长武、旬邑、淳化，陕西省咸阳市北部四县，中国银行已定点扶贫达十八年之久。

十八年，是一个百年大行初心和使命的见证。他们铭记，这方水土有多么厚重。

寒冬里，渭北旱塬的风吹在脸上是冷的。十八年，他们的心一直是热的。

峁墚上地势跌宕起伏，一脚踩下去，路是弯的。十八年，他们向前的步伐从未停歇。

十八年，一个襁褓里的婴儿业已成年。十八年，一片新生的树林早已葱茏茂密。十八年寒来暑往的持续奋斗，他们在当地党委政府的领导下，和社会各界一起帮助这片土地上的人民，千百年来第一次告别绝对贫困，迈入全面小康。

从1994年开始，连续八年定点帮扶福建龙岩地区直至脱贫，到2002年转战咸阳"北四县"，中国银行，以一个国有大行的担当，帮助这片红色热土燃起脱贫的希望、致富的梦想。

党的十八大以来，习近平总书记站在全面建成小康社会、实现中华民族伟大复兴中国梦的战略高度，把脱贫攻坚摆到治国理政突出位置，提出一系列新思想新观点，作出一系列新决策新部署。中国银行坚决贯彻落实习近平总书记关于扶贫工作的重要论述，在咸阳"北四县"，以一场脱贫攻坚硬仗帮助革命老区告别贫困，汇入时代发展大潮，用一抹新时代的"中国银行红"传承红色精神，树立起中央金融单位贯彻国家战略、扎实推进定点扶贫的旗帜与标杆！

扶贫扶志，志智双扶。中国银行瞄准了产业的多层次拉动作用。产业发展起来，贫困群众就能动起来，靠双手挣钱，而不是摊开双手要钱。产业扶贫，中国银行认准了……

高位推动，全行投入。2016 年以来，中国银行在所帮扶的咸阳"北四县"和全国 1000 余个定点贫困村，累计投入和引进无偿帮扶资金近 7 亿元，实施扶贫项目 5900 余个。

党员作锋、尽锐出战。中国银行要求，所有扶贫挂职干部都必须是党员，向"北四县"派驻的干部，更是从全国遴选。2002 年以来，中国银行总行派驻的 12 批 56 名干部，全是怀着一颗红心、带着一股真情来帮扶。在全国层面，2016 年以来，中国银行各分行累计派出 3000 名挂职干部帮助 1000 余个贫困村脱贫摘帽。

早在2016年10月，中国银行上线"公益中行"互联网平台，"把老乡的农产品卖到城里去！"，以区块链技术追踪数据，开启了智慧帮扶之路。山货出关中，旱塬有好货。自此，当地的苹果、小米、核桃……摆上了中国银行30万员工的餐桌。中国银行出资1.74亿元组建"中益善源"公司，招聘专门人员进行运营维护。

"公益中行"上线4年，在中央定点扶贫圈掀起了一阵"智扶智帮"风，各大单位、机构纷纷入驻，平台随之升级为"公益中国"。截至2020年12月，"公益中国"平台注册用户超过311万人，60余家联盟单位使用平台开展消费扶贫，累计销售额达7亿元，上线农产品3万余种，覆盖全国155个贫困县、逾70万贫困人口。

春风化暖，润物无声。

倾心为民，以爱扶贫。

一笔一笔资金的拨付，一个一个项目的落地，改变的是一个个贫困家庭的未来，激发的是一个个贫困青年的斗志，抚慰的是一颗颗久经沧桑的心，昭彰的是一个金融企业真挚而浓厚的为民情怀。

一抹"中国银行红"，平易暖人心。这一抹红色带来的温

咸阳"北四县"地势复杂，中国银行援建公路，为当地实现脱贫提供助力

暖，已然融入"北四县"群众最日常的生活里。截至 2020 年底，中国银行已累计出资 1171.42 万元，在"北四县"建成 34 个幸福院，安置孤寡困难老人 487 位。

中国银行控股的中银富登村镇银行，已发展成全国最大村镇银行集团，其中 27% 网点设在国家扶贫开发工作重点县。截至 2020 年 12 月底，设立在"北四县"的 4 家村镇银行实现存款合计 4.5 亿元，贷款余额 3 亿元，贷款客户数 2968 户。"北四县"累计受益贫困户 3417 户，累计贷款 7144.31 万元。

放眼关中多壮阔，推窗喜看暖春来。怀抱"以中国之银，供中国之用"梦想而生的中国银行，始终自带一股暖流，在脱贫攻坚取得全面胜利之际，更为帮扶地区积极谋求学习、创新、求变的改革发展之路和乡村全面振兴之路。

　　这里的山塬静悄悄。路灯点亮的夜里，乡亲们睡得沉、睡得香。他们知道，有一抹"中国银行红"的牵挂，明天的日子会更好。

2020 年于咸阳

第一章　我们的新征程——"北四县"

"全面建成小康社会，最艰巨最繁重的任务在农村，特别是在贫困地区。没有农村的小康，特别是没有贫困地区的小康，就没有全面的小康，就没有全面建成小康社会。"这是习近平总书记2012年12月29日在河北省阜平县考察扶贫开发工作时的讲话。中国银行作为金融央企，深刻认识到做好扶贫工作的重要性，自觉肩负起脱贫攻坚的重大责任和光荣使命。

早在2002年，中国银行在陕西省咸阳市永寿、长武、旬邑、淳化四个县就开展了定点扶贫工作，到2015年，先后选派33名扶贫挂职干部，无偿投入资金1.5亿元，购买和帮助销售农产品1.2亿元，实施150余个扶贫项目，累计协助脱贫9.1万人。

2016年，中国银行又一批扶贫工作队出发了，他们肩负使命，满怀激情，从车水马龙的城市森林出发，迈向千里之外渭北旱塬的峁墚沟坪。

永寿、长武、旬邑、淳化这四个县，在中国银行扶贫工作队中有一个简洁亲切的名字——"北四县"。汽车一过淳化县和泾阳县交界处的雷家坡隧道，"北四县"的沟壑地形赫然而出。同在咸阳，这里哪里是印象中的关中富饶地？更像是陕北黄土高原。这一猜测真的在地理专家那里得到了证实，这四个国定贫困县，的确是黄土高原的南缘，在那典型的塬、墚、峁、沟、涧、坪的黄土地上，生活着30万尚未脱贫的群众，面朝黄土背朝天，一年下来只有千百元的收入。

不同于快节奏的金融工作，这里的一切对扶贫干部来说，都是新的。王蕾队长为了鼓舞人心，赋诗以振士气："来到秦地为秦人，峻山秦岭走泥丸。意趣相投齐抖擞，脱贫攻坚不言难。"

一、雄关漫道真如铁

扶贫工作千头万绪，中国银行扶贫工作队决定从老百姓收获最直接、感受最明显、见效最快捷的方面入手。

（一）让群众度过一个温暖的春节

王蕾提醒扶贫工作队员们"容易的事要做扎实"，因此，在"北四县"的第一个寒冬腊月，中国银行扶贫工作队最先落地的项目虽然不大，但是充满爱心和温暖。

中国银行北京平谷支行员工宋雪梅女士在严寒冬季，为贫困群众送来暖暖温情，捐赠高质量长款羽绒服1000件，帮助"北四县"贫困群众度过一个温暖的春节。此次捐赠是中银公益平台开启公益资源整合功能的首次实践，也是咸阳市民政部门第一次接受个人实物捐赠。

个人捐赠虽然简单，但如何选择最需要的受捐对象？如何减少中间环节？如何以最快的流程送往贫困户手中？如何保证不让群众之间因分配产生矛盾？经过多次讨论，中国银行扶贫工作队制定了详细的捐赠流程：由市民政局牵头，对受捐名单反复推敲，各级确认，挂职副县长对接好各县民政局，带队现场领取，统一发货带回，及时送到群众手中。

此后，依照此流程，中国银行扶贫工作队通过各种渠道，为"北四县"的学生、老人、残疾人、特困群众等群体发放羽绒服、棉被、电热毯、温暖包，雪中送炭的温暖一年又一年不停地传递、再传递……

（二）让群众喝上放心的水

淳化县秦庄便民服务中心（以下称秦庄中心）所处咸阳渭北"旱腰带"，属于典型渭北旱塬区，年降雨量不均，地下水贫

2017年10月，中国银行扶贫工作队队长王蕾（前右）在淳化县调研秦庄供水项目。该项目是中国银行第一个单笔超过400万元的扶贫项目，也是中国银行脱贫攻坚时期实施的第一个大型饮水安全类项目

乏且埋藏很深，仅能勉强解决部分人饮问题。脱贫攻坚开展以来，为大力发展产业脱贫，秦庄中心规划在秦庄、沿村、米仓、文家庄、肖家、林庄、宋村、九庄等村养殖生猪1.59万头，在文家庄及寺村发展滴灌面积3000亩，在米仓村发展食用菌扶贫基地，在秦庄村发展秋葵扶贫基地，缺"水"成为更突出的"瓶颈"。

在队会上，淳化县挂职副县长、队员王野不止一次表示这个项目的紧迫：9个村子都在等待"解渴"！经过调查，中国银行扶贫工作队了解到，在淳化县秦庄中心米仓村东北1公里处有一个地面水源较近且水源量充足的秦庄沟水库，该库总库容380.3万立方米，兴利库容161.5万立方米，多年平均径流量220万立方米，水量充足，水质良好，初步了解，可以作为水源地。一旦引水项目可行，就会彻底解决群众饮水和畜牧养殖、发展产业用水问题，给群众办一件大好事。王蕾带领中国银行扶贫工作队仔细询问了县上的需求和意见，了解到塬上很多地方都缺水，打井抽取地下水有的都到700米以下了，会造成地下水的严重透支，这个水库如果能够引水，那真是秦庄群众的福音，可遇而不可求啊！她要队员们尽快与水利局联系，确定项目的可行性，并对项目建设成本、效益及其可持续性进行测算。

在收到初步可行的信息后，扶贫干部一大早翻沟来到淳化县米仓村调研，之后又与水利局多次深入一线实地调研讨论，确定将秦庄中心引水工程列入2018年扶贫工作重点工程予以实施。根据水利局建议，计划在秦庄中心建设一座300立方米净水池、两座100立方米调水池、一座加压站、一体化净水车间、供水管理站，并铺设覆盖9个行政村和2个产业种植基地共计16.811千米的供水管网。

为尽快解决这一制约秦庄中心脱贫致富问题，扶贫干部王野、陈长军多次与秦庄中心负责人商讨方案，实地查看线路，与县水利局负责人沟通项目前期论证方案，并征询县委、政府主要负责人的意见，形成了初步方案。项目申报过程中，王蕾高度重视，组织扶贫干部召开了专门的项目讨论会，大家一致认为，该项目带动贫困户脱贫效果明显，辐射面广，为后续群众稳定脱贫持续效应大，应列为重点支持项目，并先后多次向总行介绍推荐该项目。后来，可行性研究报告几易其稿，最终确定支持全部资金。秦庄中心引水工程项目最终申请中国银行扶贫项目资金490万元，并于2019年初顺利完工后投入使用，赢得了当地政府和广大群众的广泛赞誉。以此为开端，中国银行累计在"北四县"实施14个饮水安全类项目，总投入3583万元，对贫困户脱贫致富、发展农村经济、促进县域经济发展具有重大深远意义。

（三）让群众脚下的路不再泥泞

中国银行扶贫工作队早就听说村里的土路一到下雨天就变成了泥路，乡亲们的生活非常不方便。然而亲身经历后，还是被眼前的情况震惊了。

去湫坡头调研那天，恰好刚刚下过雨，站在群众的瓦房前，望向100米外的公共厕所，必经之路就像一片沼泽，哪里

2017年9月，调研湫坡头镇村内泥路项目，王蕾、张勇向群众了解需求情况，并商谈将来项目竣工后在老乡家墙上挂牌，两位老乡欣然同意，并表示十分期待道路能尽快修好

有下脚的地方？上个厕所，一脚泥，厕所也踩得更脏了。瓦房的住户跟中国银行扶贫干部、旬邑县挂职副县长张勇说：这是村子里唯一的公厕，用处可大了。

修路迫在眉睫，改善村民的生活环境、加强乡村基础设施建设与发展经济同等重要。只有生活设施方便了，村民才有精力通过奋斗改善经济条件。在中国银行的大力支持下，经过周密细致的考察调研和多方努力，终于修好了路。

群众出行的道路平坦了，中国银行扶贫工作队又发现了另一条亟须修好的"路"——特殊人群的生活之"路"。中国银行扶贫工作队在一次次调研中深刻体会到，贫困残疾人是困中之困，最需要帮助。王蕾带着中国银行扶贫工作队多次讨论，认为应将贫困残疾人划为优先受助人群，在执行中要与残联系统合作，找到最需要的人，更重要的是，要注重扶志扶智，优先捐赠那些"生产性"器械，引导贫困残疾人做些力所能及的生计，鼓励他们树立起自尊、自信、自立的精神，克服困难，自强不息，并发挥这些自强典型的示范作用。石桥镇辛庄村的村民阿豪，就是这个项目的受益者。

阿豪全名张玉豪，生下就是脑瘫儿，做电商既是他的生计，也是他的寄托。在中国银行帮助下，他不仅在朋友圈销售自家核桃等农产品，还替村民销售，成为村里的"电商明星"。收到中国银行捐赠的崭新电动轮椅后，阿豪说："这好比给了我一条腿。我可以跑得更远去看货、收货了！"

中银三星人寿作为中国银行集团旗下的全国性寿险公司，积极加入中国银行的扶贫工作中，持续关注咸阳"北四县"贫困残疾人脱贫工作，通过"集善工程—爱之翼"助残项目向咸阳"北四县"持续捐赠轮椅和医疗器械，帮助残障人士改善生活品质，为残疾人打开幸福之门。近5年来，中银三星人寿公司共为咸阳"北四县"捐赠156辆电动轮椅、280辆轮椅、340件坐厕椅、100台优质助听器，向属于"北四县"生源的2000名大学生捐赠意外伤害与重大疾病保险，总价值人民币210万元。

（四）让孩子们的未来不是梦

4月的永寿，杨柳吐翠，满目生机。2016年4月13日，永寿县御驾宫九年制学校的贫困生们迎来了一份来自春天的厚礼——中国银行托管业务部与国泰基金携手，向困难学生发放一次资助。这一诺，就是9年。

中国银行托管业务部副总经理顾林援引诗歌《相信未来》中的诗句"当蜘蛛网无情地查封了我的炉台，当灰烬的余烟叹息着贫困的悲哀，我依然固执地铺平失望的灰烬，用美丽的雪花写下：相信未来……"作为寄语，分享给在场的学生，为他们送上真挚的祝福与热切的期盼。

国泰基金董事长陈勇胜表示，要进一步支持和关心永寿教育事业的发展，为永寿教育事业实现新跨越贡献力量。

王蕾代表中国银行扶贫工作队发言，她希望贫困学子们要怀有远大的梦想，自强不息，靠努力和拼搏改变命运，走向更广阔的天地。

永寿县御驾宫九年制学校的学生仇文艳代表受助学子发言，对国泰基金的资助表示了由衷感谢："赠人玫瑰，手有余香，你们用爱心点燃了寒门学子成才的希望，我们将不负众望，努力学习，奋发向上。"

春天里，在这所狭小和破旧的学校中，完成了一场爱的交

2019年8月，中国银行援建永寿县城关小学综合楼配套项目。项目建成后彻底解决了城关小学超大班额问题，满足了进城务工群众子女的上学需求

接。这场活动，结合对当地情况多日的考察，让扶贫干部认识到：教育对国家而言是百年大计，立国之本；对老百姓而言是民生核心，关注焦点；对地方政府而言，是发展的愿景，凝聚的抓手。

教育带来希望，不光是给孩子们一个未来，更是能为更多贫困家庭带来摆脱困境的机会。接受教育掌握一项技能，从而能够从事某种行业并得到稳定收入，是摆脱贫困最有效的方法。所以，从2016年开始，中国银行旗下的中银商务对"北四县"高校毕业生开展定向招聘，目标是：一人就业，全家脱贫。

来自长武县的韩璐以及来自淳化县的熊敏敏，就是这个计划的受益者。从一个农村娃成长为白领，他们不仅改变了自身的命运，更是让自己的家庭逐步摆脱贫困。

貌似简单的招聘背后，凝聚着中国银行扶贫工作队的心血付出。工作队作为桥梁和纽带，也是一个"隐形"的总协调人，有很多必须要做的扎实有效的工作。首先，要得到用人单位也就是中银商务的"特殊支持"，设立专场招聘，多给"北四县"贫困学生一些优先考虑的名额；其次，要在合适的时间对接"供"与"求"，分别搞清中银商务的用人需求和当地的就业需求，协调咸阳市和各县人社部门与中银商务做好对接；再次，要同中银商务和咸阳市县人社部门一起，做好招聘的宣讲和组织工作，特别是如何在学生们尚未返乡的时间，将招聘信息和就业特色准确无误并且精准及时地告知适合的人群；最后，要采取多种方式了解既往就业人员的情况，跟踪他们的成长轨迹，以更好地改进就业扶贫成效。

2020年疫情肆虐，中国银行扶贫工作队把就业扶贫和"六稳""六保"任务紧密结合，打出了就业扶贫"组合拳"。一是组织专场招聘活动。积极协调中银商务，于4月22日以视频会形式，率先启动昆山分公司咸阳专场招聘，为咸阳高校

中国银行连续5年携手北京百年职校等公益职业学校赴"北四县"开展定向招生，帮助贫困学生学一技之长、带一家脱贫。图为定向招聘现场宣讲活动

贫困大学生提供200个就业岗位。二是实施产业项目。除"助力抗'疫'、'苹'安迎春"消费扶贫活动外，积极支持产业项目，如电商分拣中心、冷链仓储等，吸引能人返乡创业，不仅促进产业增收，还带动当地群众就近就地就业。三是培训技术人员。在淳化实施点亮项目时，培训贫困群众路灯维护技术，除在淳化实现就业外，还带领他们奔赴甘肃临洮等外地承接路灯项目，用一技之长实现就业。提供长期招聘机会，联系苏州营财保安服务股份有限公司，持续招聘轨道交通安检人员。

一年又一年的努力，集腋成裘。2018年起，总行人力资源部出台政策，打通了从附属机构到银行本部的成长渠道，为"北四县"贫困区的优秀人才提供了更多的选择，为他们实现自己的梦想铺路。

　　韩璐就是在这个政策下，有幸被中国银行昆山分行录取，她在经历分享中写道："作为一个在黄土高原出生长大的农村女孩，我虽然有过梦想，但从来没有想到过有一天会来到梦里水乡江南，成为中行人。是扶贫带给了我希望，是中国银行给了我改变命运的机会。我相信，将来还会有更多贫困地区的孩子，能像我一样，深切感受到中国银行带给他们的能量和希望……"

二、青山着意化为桥

　　开展工作的第二年，中国银行扶贫工作队把工作的重心从"救急"往"治穷"转移。

　　扶贫到底是做什么？通过学习和思考，王蕾发现，对于脱贫攻坚这项统揽全局的工作，绝不应是献爱心那么简单，而是要帮助贫困地区和贫困群众找到一条适合自己的可持续发展道路，因此经济学思维和投行思维非常必要。认识到位之后，必须统一思想。为了引导这一正确的理念，扶贫干部组织讨论，一起思考，一起碰撞，把扶贫当学问来做。

作为中央金融单位开展定点扶贫工作——中国银行扶贫工作队，很多人很自然地认为主要应提供金融支持。但是，通过一次次调研，中国银行扶贫工作队发现，从"北四县"要素禀赋来看，金融支持不是当地急需的，最亟待解决的一个是产业扶贫，另一个是消费扶贫，这两项如果做得好，可以成为群众脱贫致富的重要"法宝"，好比"红雨随心翻作浪，青山着意化为桥"，为群众奔小康搭起"凌波之桥"。

此时，全国的产业扶贫刚刚起步，一个很重要的问题摆在中国银行扶贫工作队面前：应该做什么样的产业扶贫项目？例如，很热门的服装加工项目，可以解决大量的贫困劳动力。但是，"北四县"适合吗？王蕾带领队员们从要素配置的金融思维入手，分析当地的要素禀赋——不产棉花，不是原材料产地；没有大量的服装消费，距离实际销售地也很远；服装行业要求集中式的八小时坐班，当地贫困劳动力很少有人能待得住，从这个角度讲劳动力要素也不占优势。那么企业图什么？没有与要素禀赋相结合的产业扶贫项目能持久吗？经过深入思考和调研，中国银行扶贫工作队果断放弃了"找上门来"的服装加工扶贫项目。

此外，还有一个重要的问题要解决：应该用怎样的产业扶贫模式？经过调研，队长王蕾发现，"北四县"的村集体闲置土地非常有限，缺少"三变"改革最为需要的强有力的带头人，不可能大范围复制，只能帮扶几个成功个案，而中国银行扶贫工作队最想做的是可复制的产业扶贫模式。没有现成的可直接"拿来"的模式，他们就自己摸索，曾经有一个项目尝试过三种不同的模式。

尽管面对很多困难和挑战，扶贫干部还是一致决定：产业扶贫，不但要做，而且要做先行者，这才是中央单位和国有大行的担当，也是中央交给我们这些"北京来的干部"的使命所在。

（一）在家门口脱贫致富

为了让乡亲们的腰包尽快鼓起来，中国银行支持了一批见效快的项目，如旬邑县獭兔项目，永寿县安德村肉牛项目，等等。扶贫人不仅自己干，还请来了卢森堡的外国专家。

安德村位于咸阳市永寿县常宁镇，是渭北旱塬上的一个贫困村，由于自然条件制约，缺水少雨，十年九旱，靠天吃饭，种植农作物投入大、产量低、效益差，全村贫困发生率曾一度达25%左右。

2016年，在村党支部的牵头下，安德村探索"合作社+贫困户+农户"的扶贫模式，动员广大贫困户与农户积极参与合

中国银行援建淳化县秦庄中心食用菌产业扶贫项目，投入资金95万元，建设了50个双层食用菌种植棚

作化养殖。

2017年，在中国银行卢森堡分行的援建扶植下，养殖场摒弃了曾经"旧房利用"的方式，棚舍等硬件设施逐渐改善，养殖规模也日渐扩大。牛场规模由68头发展到218头，带动贫困户由70户增加到138户。

卢森堡分行为了组织这次活动，提前几个月就与中国银行扶贫办孙志扬处长取得了联系，信息很快传导到王蕾。11月，卢森堡分行张晓路副行长飞行十几个小时来到了咸阳。谈到扶

中国银行积极为定点扶贫县引进国外先进养殖技术，连续两年邀请卢森堡农业协会专家赴永寿县培训肉牛养殖技术

贫，张晓路副行长说，卢森堡分行非常希望深度参与，考虑到卢森堡在养牛产业上的优势，他们希望在贫困地区选择一个养牛项目予以支持。当王蕾提到安德养牛场这个项目时，张晓路当即决定支持这个项目。

在中国银行的牵线搭桥下，安德村迎来一批新朋友，中国银行卢森堡分行组织邀请了国外养殖专家，到安德村对养殖场的技术人员、养殖户进行技术指导，并与安德村肉牛养殖场建立技术顾问平台，长期提供无偿的技术指导和服务。

养殖业务经验的交流很顺畅，但短板问题也确实存在——尽管养殖场进行了一些升级改造，但是棚舍的安全问题、饲

欧洲农业协会专家在中国银行卢森堡分行捐建的养牛场进行技术指导

草的存储问题、牛的活动场地等方面的差距也在交流沟通中显现。评估后，中国银行卢森堡分行又为牛场捐赠了35万元的资金。这35万元作为贫困群众基本股金入股养殖场，肉牛养殖场以股份合作为平台，采取"党支部+合作社+公司+贫困户"的模式，实现贫困户"保底固定分红+薪金分红+利润分红"；同时，贫困户到养殖场务工，也可得到劳动报酬，每天工资100元。邻村下邑村贫困户刘永利是养殖场长期工，月工资2000多元。

长期以来，中国银行卢森堡分行一直发挥着连接中欧经贸的桥梁作用。在中国银行党务工作部（扶贫办）的协调与指导下，作为中国银行在欧洲的重要经营平台，卢森堡分行积极创新扶贫模式，调动卢森堡本部和辖属荷兰、比利时、瑞典、波兰、葡萄牙等跨国分行资源，携手咸阳市慈善扶贫协会等机构，共同发起了这一扶贫项目。他们希望通过资金、技术的帮助，架起连接中欧沟通交流的新桥梁，用"造血"机制，为当地贫困户产业脱贫和可持续发展夯实基础。

为了发展因地制宜的项目，帮助乡亲们在家门口脱贫致富，2016、2017、2018年度，中国银行在固贤中心上常社村分别实施香菇大棚建设项目、黑木耳大棚项目、食用菌种植项目，总援建资金140万元。实施主体为淳化合坤生态农业科技有限公司，该公司分年度与固贤中心总计140户建档立卡贫困户签订了模式不同、为期5年的分红协议。中国银行扶贫工作队帮助村民大力发展菌菇、芦笋、花椒等项目，让乡亲们长期受益。

（二）支持光伏发电，把阳光变成金子

"北四县"日照充足，具有光伏发电的天然优势。在中国银行支持的光伏发电项目中，贫困群众不仅可以分享电费收入，还可以在光伏发电板下养鸡、种药，曾经贫穷的山村充满了勃勃的生机。

常宁镇发展光伏下大棚种植初具规模，种植平菇、灵芝

等，"益农公司+合作社+产业带头人+贫困户"模式，在第一年获得成功后在原有种植平菇的基础上扩大规模和品种，产业带头人信心满满，带动更多当地农民、贫困户就业增收，进而实现产业发展、乡村振兴。

在长武县昭仁街道大东庄村南，一排排蓝色光伏发电板整齐排列，蔚为壮观。此处光伏电站占地65亩，建设规模2.1兆瓦，项目总投资1662万元，其中中国银行投入750万元，是当时关中地区最大的扶贫光伏项目。

若不是当地干部说起，旁人无论如何也想不到，这里原来曾是一处砖厂。现在，砖厂变光伏基地，既优化了产业结构，又增加了脱贫效果。

然而，该光伏电站最大的"玄机"还在光伏板下。定睛细看，光伏板下有青草、南瓜藤蓬勃生长，肉鸡三五成群乘凉、觅食。原来，这是一处农、光、牧互补项目，目前存栏肉鸡有1万多只。

"南瓜叶等可供肉鸡食用。光伏板下养鸡，既给鸡提供了宽敞的活动空间，还方便了肉鸡乘凉，对提升肉质有积极作用。"大东庄村第一书记王争琦介绍，通过在光伏板下养鸡，仅差异化分红每年便可带动44户贫困户户均增收500元。同时，此处养鸡项目还可带动多名弱劳力就近务工。

"岁数大了，外出打工没人要。真没想到，现在在家门口还谋到了一份好差事。"大东庄村贫困户李丢子说，他今年62岁，现在是村里光伏养殖项目的长期工，每月工资2600元，再加上家里的9亩多苹果树，老两口已经稳稳地脱了贫。

"以后，我们还计划在光伏板底下发展香椿种植，进一步提高土地利用率，争取把农光牧互补的路子走得更宽。村民们都说，是光伏电站让阳光变现，中国银行扶贫助百姓脱贫！"王争琦满怀感激地说道。

正如王争琦所说，光伏扶贫以其稳定的收益、长期的脱贫效果成为咸阳"北四县"优质的产业项目代表。但在项目探索之初，也遇到了不少的困难和挑战。2018年初，产业扶贫成为扶贫工作的重中之重，也是脱贫攻坚过程中面临的最大瓶颈和弱项。如何寻找收益高、见效快、带动作用强的产业扶贫项目，成为摆在中国银行扶贫工作队面前的突出问题。

"必须以创新思维谋划产业项目，同时要试点先行，稳步推进，确保最终取得成功。"在2018年5月份的中国银行扶贫工作队队会上，王蕾队长向队员们提出了未来产业扶贫努力的方向，并带领中国银行扶贫工作队队员深入"北四县"镇村广泛走访，与各镇书记、镇长进行深入交流，了解乡镇扶贫项目发展方向；与基层干部和贫困户促膝长谈，掌握脱贫增收的实际需求；逐一考察重点项目，深入分析项目发展前景和带贫益贫效用。通过广泛调研和走访，扶贫工作队明确了特色种植、规模养殖、光伏发电等重点支持产业领域，并将光伏项目起步较早的长武县作为光伏扶贫项目的试点县。

"项目建不成怎么办？""国家扶贫补贴到不了位怎么弄？""投资这么大的光伏项目，收益能有保障吗？"在中国银行扶贫工作队小组会上，扶贫工作队队员七嘴八舌提出了很多问题，对于光伏项目这样的新生事物，也充满了疑惑。

为了避免项目的完工风险和并网发电后的收益风险，王蕾和长武县扶贫干部赵德海、赵春雨进行了全方位的评估和考虑，创新提出以"中国银行援建资金+政府资金"联合回购的形式，将由企业先行投资建成的当时咸阳市最大的光伏农场项目——大东庄村光伏农场项目作为中国银行光伏扶贫项目的重点工程。为了确保项目论证严谨，本着"善作善成"的态度，王蕾鼓励长武县扶贫干部敢想敢试、大胆推进，认真分析项目前景、发电收益、政策支撑等多方面内容；赵德海、赵春雨深入县电力局、大东庄村进行实地调研，将每天光伏发电收益整理测算，制成科学化表格，获取第一手资料，用数据和实例打动了其他扶贫干部和总行审批专家。同时，通过广泛阅读政策文件，拿到最权威的光伏政策解读，打消了有关方面的疑惑。最终，中国银行扶贫工作队克服重重困难，750万元的项目成功落地，这成为中国银行扶贫工作队当时自主叙做的最大产业扶贫项目。

该项目符合国家环保、低碳的能源发展方向及精准扶贫的政策导向，具有良好的经济效益和抗风险能力。项目采用光、农互补的模式，光伏组件距离地面2.5米，一方面可以利用光伏组件发电；另一方面，在光伏板下开展种、养殖业，拟种植香椿树苗2万株，散养土鸡1万只，初步建成了"光伏发电+农业种植+农业养殖"相结合的现代化农业产业园，实现多元化发展。该项目规模大、效益好、覆盖面广，社会效益显著，可以带动长武县全部2000余名贫困群众稳定增收至少20年，年发电收益超过200万元，已成为中国银行在"北四县"定点扶贫工作的标志性工程之一。

自长武县光伏扶贫项目获取成功后，中国银行扶贫工作队开拓进取、再接再厉，结合各县县情和实际，先后创新开展了"军民融合光伏扶贫项目""永寿县贫困村系列光伏扶贫项目"等各种模式的光伏项目12个，投入无偿帮扶资金超过4000万元，有效助推了光伏扶贫项目在咸阳"北四县"迅速开花结果，成为带动贫困群众增收致富的最稳定的扶贫产业之一。

还有一个特别的光伏故事——在中国银行援建的翠屏幸福院屋顶架光伏，晒着太阳就能养老。2017年扶贫工作队来永平镇调研时，镇上的书记跟扶贫工作队队员讲，这个镇曾经是明清时候的县城所在地，因地处山区，交通不便，是永寿县经济比较落后的一个镇。因为落后，青壮年人口流失，

2018年10月，中国银行援建永寿县永平镇翠屏幸福院。建设幸福院房屋80间，附带食堂、村委会用房，建筑面积3555平方米，总投资1443万元，中国银行资金支持414万元

很多独居老人的生活充满极大的隐患，亟须修建一所规模较大的幸福院。经过文洪专、冯国诚、辛本胜等前后几任在永寿扶贫的队员的持续努力，幸福院终于在2018年建成，并于2019年投入使用。

为了保障幸福院的运转，除了民政系统的投入外，永寿县打算在这个县上最大的幸福院房顶上铺设光伏面板，项目电站产权及收益归永平镇翠屏新村村集体所有，电站建成后，日常运行维护由县益农农业发展有限公司向专业公司通过购买服务的方式进行管理。永寿县光照充足，为全省年平均光资源高值区及全国辐射能量高值区，太阳总辐射量121.43千卡／平方厘米·年，生理辐射量为59.50千卡／平方厘米·年，年平均日照时数2166.6小时。按照永寿县光能平均利用率等综合测算，全年365天有效日照直射天数为300天。县供电公司负责电站接入系统方案制定、完成并网、调试及上网电量补贴资金结算等，按结算周期向贫困户全额支付上网电费。村委会负责电站年发电量、收益及扶贫对象张榜公布，对应贫困户可实行动态调整，接受群众和社会监督。

同时受益的还有翠屏新村的养殖业。翠屏新村位于永寿县永平镇，距县城12.5公里，距镇政府驻地4.1公里，属于县里的重点贫困村。翠屏新村土壤干旱贫瘠，农业种植品种单一，效益不高，加之因贫困人口年龄、技能等方面因素，脱贫难度较大。经过多方调查研究，镇政府决定发展中药材种植项目，翠屏新村的"两委会"具体实施，由有劳动能力的贫困户管理。本着"因地制宜、长短结合"的原则，永寿县以国家村级光伏扶贫电站建设为契机，计划在永平镇翠屏新村建设一座930kW装机年发电量的村级光伏电站。该项目投产后，收益由贫困村的村委会划归村集体和贫困户。同时，光伏组件下面拟种植适宜当地气候条件的中药材，所产生的收益用于村级公共事业，从而形成长期、稳定的村集体经济和贫困户兜底收入的固定来源和支撑，实现"一次输血"向"长期造血"的转变。

永寿县村级光伏扶贫电站项目已全部纳入国家能源局扶贫项目库，中国银行共投入无偿援建资金2391.5万元。2020年该项目为87个贫困村分配光伏发电收益2461.98万元，收益主要用于村里贫困群众公益岗位补贴发放。项目采用农、光互补模式，优势明显。

（三）用文化鼓起干劲

中国银行与国家大剧院是多年的战略合作伙伴。2017年是国家大剧院成立10周年，也是咸阳创建全国文明城市和脱贫攻坚的关键年，在中国银行的全力撮合推动和赞助下，一次以文化自信鼓舞干劲的文化扶贫活动在紧锣密鼓地策划中。中国银行扶贫工作队与党务工作部、大剧院组织人员、市委宣传部选场地、碰行程、确定受众对象、完善演出内容……2017年5月17日，中国银行和国家大剧院携手呈现的"美丽中国梦 文艺咸阳行"文艺晚会，拉开了国家级艺术家们来咸文化慰问和扶贫系列活动的序幕。晚会以彰显文化魅力、突出革命老区精神为主旋律，先后演出了合唱《我爱你中国》、诗朗诵《诗经·大雅·公刘》、交响乐《山丹丹花开红艳艳》、歌剧《长征》片段等15个精彩节目。其中，钢琴独奏《爱之梦·北京四季》曾在5月14日的"一带一路"国际合作高峰论坛文艺晚会"千年之约"上演出。

紧跟着，5月18日，艺术家小分队的歌剧、戏剧、管弦乐的演员们，冒着小雨奔赴咸阳市旬邑县马栏革命老区开展文化扶贫慰问。在马栏干部学院，他们为马栏镇200余名群众奉献了一台精彩的演出，艺术家与老区群众零距离交流，面对面，心贴心，取得了良好的效果，受到了老区人民称赞。

在马栏演出结束后，小分队在齐心九年制寄宿学校捐赠钢琴，慰问教职工，走访学生宿舍，并举行了一场小型音乐演

中国银行携手国家大剧院走进咸阳"北四县"

出，为学校师生带来全新的文化艺术体验。这次活动既是国家大剧院践行"人民性"宗旨、发挥国家表演艺术中心在全国文化建设中的引领示范作用的重要举措，也是中国银行进一步做好咸阳"北四县"定点扶贫工作、丰富革命老区群众文化生活、探索文化下基层扶贫的一次新的尝试。艺术家们没有想到，乡村的孩子们对艺术的渴求如此强烈，为此艺术家们主动加演了三次。

（四）带动更多的人一起致富

从根本上改变当地的贫穷落后，还是要大力发展当地经济，扶持企业发展。因此，中国银行设立了扶贫贷款项目，为当地的经济发展保驾护航。

"爸爸的苹果"品牌创始人刘阿娟就是中国银行扶贫项目的受益者。2014年，刘阿娟因为父亲生病，返乡创业，创立了"爸爸的苹果"这个品牌。目前，该品牌不仅在中高端市场拥有了良好口碑，还建立了800亩的高标准矮砧密植苹果生产基地，带动338户贫困户，每年给贫困户分红近35万元，提供就业岗位60个。

阿娟说："中国银行于'爸爸的苹果'，就是那个点灯的人。""爸爸的苹果"的一期建设已经接近尾声，第二期"美丽乡村建设"即将开始，阿娟说要把中国银行给的大爱和力量传

"爸爸的苹果"品牌创始人刘阿娟（左）与贫困户焦官账正在果园里修剪枝条

递给更多的人。

好的项目站稳了脚，但是一个新的问题出现在扶贫干部面前。在多年的扶贫工作中，中国银行扶贫工作队发现，"北四县"产出的苹果、核桃、小米、绿豆等农产品质量很好，但由于交通非常不便，再加之信息匮乏、市场渠道不畅等原因，这些农产品只能养在深山人不知。年复一年的辛苦劳作却无法有效增收，这对当地贫困群众无疑是非常沉重的打击。

2016年4月，习近平总书记在网络安全和信息化工作座谈会上指出，发挥互联网在助推脱贫攻坚中的作用，推进精准扶贫、精准脱贫，让更多困难群众用上互联网，让农产品通过互联网走出乡村，让山沟里的孩子也能接受优质教育。

中国银行迅速行动，尝试开发电商扶贫平台，将供给端对准"北四县"贫困群众，帮扶端则是中国银行各级组织、30余万员工及众多客户。帮扶端只需几步简单操作，就可以通过单位集采或个人购买农产品来实现帮扶。

2017年4月，平台正式上线运营，在中国银行党委的倡议下，全行积极响应，员工纷纷注册成为平台用户，并邀请社会爱心人士参与。平台上销售的农产品，大多是日常生活常备的食品，非常适合单位采买食堂用料、员工福利等，员工也很容易就可以挑选到家庭需要的产品。而平台应用的区块链技术和建立的配套制度，确保了平台环境的干净透明。这样的模式，一方面打通了贫困地区农副产品直接销往城市的通道，切实有效解决当地农产品销路难问题；另一方面突破了过去救济式扶贫的局限，帮助贫困群众掌握生存技能，使扶贫成果更可持续。

"公益中行"平台首先在咸阳试点成功，后来又走出咸阳，建设成为"公益中国"平台。作为一家拥有百年历史的国有大行，中国银行不仅专注于自身的定点扶贫工作，更愿将扶贫创新成果与社会各界共享。随着平台日趋成熟，中国银行将平台向社会开放，中央和国家机关工委、全国人大机关、国家发改委、住建部、文旅部、海关总署、国家能源投资集团、国家开发投资集团、中国兵器工业集团、中国航天科技集团、中国进出口银行、北京邮电大学等部委、企业或高校陆续入驻平台成为公益联盟，平台随之更名为"公益中国"。

在贫困户中，有些家庭缺乏生产能力，没有产品可卖；有些贫困群众文化程度较低，不具备线上销售能力；更有很大比例的人不熟悉互联网，不会使用智能手机，甚至没有智能手机。平台鼓励有产品有能力的贫困户以自营模式入驻，但也绝不放弃那些不具备自营条件的贫困户。为此，平台建立了脱贫助理人机制，即由当地政府或联盟单位推荐，优选当地具有法人资格的企业或农民生产合作社作为脱贫助理人，他们通过收购贫困户产品、租用生产资料或雇用劳动力、分红等方式，将统一包装、统一品牌、统一定价的农产品上线销售。这一机制得到了当地政府和企业的大力支持，平台已累计入驻近2000家脱贫助理人企业。

有些区域性特色农产品，几乎家家户户都生产，但农户产品分散，又没有统一标准，难以靠自身力量组织大宗销售，而通过平台整合资源就可以解决这个问题。贫困地区不乏高品质、无公害特色农产品，但没有知名度，又缺乏资质认证，消费者不知道去哪买也不敢轻易买。而通过脱贫助理人的包装加工就可以给农产品上"身份证"，打造地区性品牌，为农产品赋能。目前，平台累计打造了"工字坊苹果""善源岩壤石板米""得意秋一级压榨花生油"等40余款自有品牌产品。

至2020年12月底，"公益中国"平台注册用户超过313万人，65家联盟单位使用平台开展消费扶贫，累计销售额约5.62亿元，覆盖全国140余个贫困县、近百万贫困人口，累计上线农产品3万余种。授人以鱼，不如授人以渔。平台的模式不仅为贫困户提供了一个增收途径，更培养了他们自主发展的意识和自力更生的能力。他们获得的每一分收入，不再只是依靠爱心人士的馈赠，更是他们辛勤劳动的回报。扶贫扶志双管齐下，才能让贫困户树立对美好生活的信心，逐步摆脱思想贫困，使脱贫致富之路长期持续地走下去。

三、引得源头活水来

随着扶贫工作的进一步展开，中国银行扶贫工作队的工作也进行得更为深入，面对的新课题也越来越多。在基本保障和基础产业有了起色之后，如何引入和培育金融、教育、理念和视野的"活水"越发重要。

（一）为"北四县"建起"自己的银行"

2018年10月16日，因扶贫而生，四家中银富登村镇银行同时在"北四县"开业。这四家行每一家都是一个独立法人，"贷款在当地，税收在当地，员工在当地"。这是中国银行金融扶贫的身体力行，中银富登村镇银行也被"北四县"亲切地称为"自己的银行"。

中银富登村镇银行由中国银行与新加坡淡马锡富登金控于2011年发起设立，中国银行占90%的股份。截至2018年，中银富登在全国19个省市已有100家法人行、220多个机构网点，在行政村设立近300余家助农服务站，建成全国规模最大、基础设施最完善的村镇银行集团，也是中国银行精准扶贫的重要平台和普惠金融的重要组成部分。

王蕾印象特别深刻，10月16日她跟时任咸阳市委副书记马希良，一天之中奔波500多公里，"顺时针"巡回跑遍淳化、旬邑、长武、永寿四个县，分别参加四家行的开业仪式。当地人民银行分别为四家中银富登村镇银行颁发了加入人行金融管理与服务体系的机构代码证，银监部门分别为四家行颁发了金融许可证。四家中银富登村镇银行，分别向淳化县石桥镇大槐树村幸福院、旬邑县张洪中学、长武县相公镇芋元柳泉完全小学、永寿中学及部分深度贫困村进行了现金捐赠，用于学校、福利院建设和特困户资助。"开业暨爱心捐赠仪式"是中银富登村镇银行的传统，所有中银富登村镇银行在开业之际都会对当地进行捐赠，并持续支持当地扶贫助困等社会公益活动，积极担当社会责任。仪式上，四家中银富登村镇银行员工代表分别就中银富登企业文化的核心——"三大铁律"，即"不取客户一针一线、不弄虚作假、不放弃任何提升自己和帮助别人的机会"进行了庄严宣誓。

对于王蕾和扶贫干部来说，一年半的努力没有白费。此时，那些个解决问题、砥砺前行的日子，在他们眼前闪现：

2017年5月7日，中国银行扶贫工作队开始全面着手中银富登在咸阳"北四县"落地的各项对接事宜。

2017年7月21日，中银富登四位"准行长"找到中国银行扶贫工作队，希望协助解决小股东和县城选址等困难，因为总部要求必须选择框架式结构房屋，而县上的框架式房屋很少。王蕾逐一布置四个县的中行挂职副县长必须协助好协调好。

2017年8月9日，王蕾协调市金融办召开中银富登村镇银行推进会，时任咸阳市金融办主任张荣辉对四家行的诉求——回应。

2017年8月，中国银行扶贫工作队协调市金融办召集咸阳实力较强的企业宣讲小股东入股合作意向事宜。

2017年11月13日，王蕾与来访的中银富登总部何春生副总裁讨论加快村镇银行落地事宜。

2017年11月30日，中银富登村镇银行四家行提请推进监管审批速度，此前，在市银监局大面积调整人员岗位的情况下，设行进度受阻；王蕾请市委领导亲自过问，市委办督促。

2017年11月—2018年10月，各县扶贫干部帮助解决各家行筹备工作中的各项困难。

2018年4月10日，市金融办联系王蕾，询问中银富登村镇银行推进中的困难。

2018年5月3日，中国银行扶贫工作队协调安排中银富登村镇银行设行推进会，市领导主持并要求：每县拿出3000万财政资金存入中银富登村镇银行，作为铺底资金。

2018年8月1日，四家中银富登的金融机构代码报人民银行审批。

2018年10月16日，四家村镇银行正式开业。

在仪式之后简短的新闻发布会上，王蕾对记者说，"北四县"四家村镇银行的设立，是落实中国银行党委"十个一批"扶贫措施的具体实践，也是中国银行17年定点扶贫工作的重要阶段性成果。

成立以来，"北四县"四家村镇银行秉承集团"扎根县域支农支小"的业务定位，借助集团的基础设施和信息科技优势，为当地中小微型企业、工薪阶层和"三农"客户等普惠客群提供本土化、高水准、全方位的金融产品和服务，金融"造血"助力当地脱贫攻坚工作，大力支持当地实体经济发展。

（二）给教育插上希望的翅膀

近几年，随着经济社会的发展，在全国脱贫攻坚的大背景下，咸阳"北四县"基础设施取得了相应的改善，但群众接受新事物的意识还比较薄弱。面对这种情况，王蕾认为，教育是育人之本，要想彻底改变群众的思想，就得从孩子们的教育抓起。让贫困地区的孩子掌握知识、助力家庭、改变命运，教育扶贫是最直接、最有效的方式。扶贫先扶智，扶智先培师，教师的视野开阔了，知识技能更新了，教育方法提升了，教育扶贫就会收到更好实效。

2018年1月28日，在德国慕尼黑音乐大师课堂上，来自陕西省淳化县淳化中学的音乐教师刘文红、永寿县永寿中学教师李玲，正在用心聆听68岁的Trifan教授的讲解，用心体会音乐的魅力。像这样走出国门的培训学习，对他们来说，都是从教生涯的第一次。早在两个月前，党务工作部的孙志扬就兴奋地与王蕾通了电话，之前积极联系中国光华科技基金会"三乐游学教育基金"，组织咸阳"北四县"音乐教师开展德国音乐游学活动，有了眉目！

这次德国游学活动，不仅让参加培训的老师们大开眼界，充分感受到国外的音乐文化，学习到音乐教学技巧，更重要的是激发了他们的志愿精神——将音乐的正能量在贫困地区辐射开来。在教育部门和校方的支持下，淳化中学音乐教师刘文红迅速组建了淳化中学合唱团，利用每天课外活动时间进行排练。经过一段时间的学习、练习，那些几乎没有音乐基础的学生，已经能很好地演绎《万里长城永不倒》《时间都去哪儿了》等歌曲，并多次参加县里的演出，受到社会好评。永寿中学音乐教师李玲也迅速组建了一支由贫困家庭学生为主体的永寿中学"中国银行·梦之音"合唱团，利用课余时间排练，让这些大多来自农村、出身贫寒、没有音乐基础的孩子们感受到了合唱的魅力，点燃了孩子们的音乐梦想，用音乐打开心灵的窗口。如今，这些孩子已能熟练演唱一些作品，孩子们的性格也变得更加开朗阳光。

让所有人激动的是，2018年7月18日，在首都北京，永寿县中学"中国银行·梦之音"合唱团站上了第十四届中国国际合唱节的舞台，演唱了两首家乡的原创作品《渭北江南锦川海》《她的家乡在永寿》，这不仅唱响家乡的音符，也唱响中国银行扶贫扶志的华彩乐章。

老师们"走出去"了，孩子们同样也有了"走出去"看看的机会。为了开阔咸阳"北四县"贫困学子视野，激发他们的学习动力，在中国银行上海分行的支持下，中国银行扶贫工作队与上海分行行政事业部对接联系，发挥中国银行资源和优势，在2018年8月3日至8月6日，百年中国银行携手百年复旦，组织咸阳"北四县"高一、高二的40名优秀贫困学子赴上海参加了咸阳研学体验营（简称研学营）活动。这是继2018年4月中国银行携手复旦大学走进咸阳"北四县"专项宣讲活动的延续和深化，也是"银校携手推动教育扶贫"的一大创新举措。

整个研学营活动内容丰富、形式多样，真正实现了让孩子们"走出去"看外面的世界，追逐长远的目标。中国银行组织"北四县"学子赴复旦大学邯郸校区，参观了校园内光华楼等标志性建筑。学生们漫步大学校园，感受百年名校的历史积淀和独特魅力，进入环境科学楼实验室，参观国际领先的实验设备，近距离观摩大气科学实验，并与国外专家进行面对面的交流，直接感受现代科学技术带来的冲击和震撼；之后学生们赴复旦大学医学院，参观了设施先进的康泉图书馆。科技化、人性化和多功能的设备设施让同学们耳目一新，大开眼界，标本中心和人体科学馆的观摩让学子们从不同层面对人体构造有了全方位了解。

此次活动，还为学生们提供了赴C919大型客机诞生地——中国商用飞机有限公司参观的机会。他们有幸参观了国产大飞机的研发设计实验室，观摩了C919客机的实验测试平台，观看了C919诞生纪录片，对我国在大型客机研发方面取得的骄人成绩感到由衷的骄傲和自豪，更受到商飞人"长期奋斗，长期攻关，长期吃苦，长期奉献"精神的感染和激励。

来自"北四县"的学生们在黄浦江畔，感受上海大都市的气息，一睹上海外滩的风采；在中国银行行史馆上海分馆，详细了解中国银行经历的历史和沧桑，深刻体味到了"百年中行"的辉煌和成就；在中民投航空租赁公司，接触到了优秀民营企业的经营理念和企业文化。这次活动，让这些孩子深刻体会到了社会各界对他们的关心和关爱。

"北四县"的孩子在开阔眼界的同时，也看到了自身与发达地区优秀学子的差距，激发了前进的动力。孩子们聆听了复旦大学入围全国"青年千人"专家队伍关于"现代物理学前沿"的精彩讲座，从全新的视角、更高的层面对物理学的最新发展动态有了直观的认识和了解；聆听了关于"外科创新发展之路"的讲座，讲座系统梳理了外科发展历程，介绍了最新发展方向，以通俗易懂的语言将外科医学形象地展现在大家面前。利用晚上时间，咸阳"北四县"与福建复旦夏令营的学子联合举办了精彩纷呈的联欢会，双方学子充分展示了自身多才多艺、活泼开朗的一面，分享传递了心中的喜悦，将研学营活动推向了一个高潮。

几天的参观和学习，来自"北四县"的王振东、李佳、闫行、徐国栋同学获得了优秀营员的称号，并作为优秀学生代表分享了参加此次研学营的感受："我们大家为祖国发展取得的成就感到自豪，被优秀企业、百年名校的深厚底蕴所折服，我们将带着收获和感悟回到校园，再鼓干劲、再添动力、加倍努力、奋勇拼搏，争取早日成为栋梁之材，为国家和社会发展承担更大的责任，做出更多的贡献。""北四县"带队老师对此次活动给贫困学子带来的激励和触动也深有感触："'大爱中国银行、相悦复旦'研学夏令营让'北四县'的孩子们看到了上海的发展与精彩。在这里，孩子们埋下了梦想的种子，插上了希望的翅膀，激发起奋进的斗志！感谢中国银行！感谢复旦！正是有你们，脱贫路上有希望，求学路上有梦想！"

（三）大洋彼岸的帮扶队

翻开2018年咸阳市"北四县"的贫困档案，因病致贫、因残致贫占全部建档立卡贫困人口的比重超过50%。这意味着，健康扶贫不仅是"北四县"当前脱贫的关键，也是未来防止返贫的关键。脱贫攻坚战打响以来，随着咸阳"北四县"的健康扶贫工作不断深入开展，医疗服务的硬件条件取得明显进步，但是软件方面仍有较大提升空间，需要更科学的理念、更专业的外部智力支持。

2018年4月，中国银行加拿大分行在与加拿大当地主要医疗慈善公益机构对接后，最终经中国驻多伦多总领馆的引荐，选择加拿大白求恩医学发展协会作为项目合作伙伴。加拿大白求恩医学发展协会成立于2011年，是由具有中国医学背景的加拿大医学专业人士发起、加拿大医务人员组成的非营利组织，致力于弘扬白求恩精神、促进中加友好交往，拥有来自加拿大、中国、美国、英国、澳大利亚等国家的医务人员。

2018年10月，在中国银行的努力促成下，咸阳市迎来了加拿大白求恩医学发展协会的医疗帮扶队。21—26日，他们分赴咸阳市永寿、旬邑、长武三个贫困县，实地开展外科、妇产科、心脏内科的培训讲座及手术指导活动，助力当地健康扶贫工作。

这次加拿大医疗团队来咸阳开展的"零距离"指导，是咸

2018年，中国银行在定点扶贫县开展"白求恩走进咸阳"活动，邀请加拿大医疗专家赴贫困县提供无偿医疗救治和技术指导。图为加拿大医疗专家正在开展义诊活动

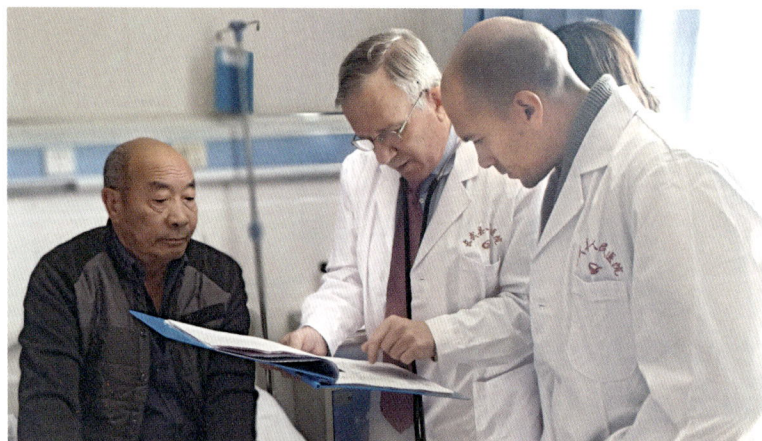

中国银行发挥国际化优势，把海外资源引入定点扶贫县，邀请加拿大医疗专家开展无偿医疗救治和技术指导。图为加拿大医疗专家正在开展义诊活动

阳贫困县区的第一次，也是加拿大白求恩医学发展协会专家医疗队的第一次。加拿大专家们丰富的专业知识、临床经验和敬业精神，给咸阳市县政府及当地医护人员留下了深刻印象。同时，加拿大专家对中国扶贫的伟大成就赞叹不已，也对中国银行举全行之力投身脱贫攻坚战表达了敬意，并表示愿意继续参加中国银行组织的扶贫活动。此次活动不仅为贫困县提供了与国际医疗接轨的重要载体，为各医院提供了一个高端学习平台，也成为向世界展示我国脱贫成果的一次有利契机。

除了医疗帮扶，中国银行在海外的机构为"北四县"提供了很多帮助与支持。

中国银行伦敦分行作为中英商会的会长单位，2018年邀请伦敦金融城市长特使John Mclaim 先生一行，万里迢迢奔赴长武县。在一个寒冷的冬季，中国银行扶贫工作队队长王蕾接上了John Mclaim 先生和中国银行伦敦分行办公室主管陈玲，带着他们一起翻山越岭，顶着初雪，来到长武县枣园学校。一路上，王蕾发现自己曾经苦练的英文居然在扶贫中派上了用场，John Mclaim也很开心，他可以和这个扶贫工作队队长用英语无障碍交流，并第一次知道了什么叫三大"攻坚战"，什么是精准扶贫。三个多小时的路途中，他越来越感受到中国扶贫的力量。他不断在笔记本上记录着，啧啧感叹着：Amazing! Well organized! Well done!

从教学楼到学生公寓，从餐厅到综合楼，John Mclaim 和陈玲一处处看，一项项听，了解学校具体情况。随行的长武县枣园九年制学校校长胡俊龙对学校的基本情况及多功能厅项目规划方案、设计理念、管理使用等问题做了详细说明。"学校一直筹划设置多功能厅，但建设中因资金限制，相比于其他硬件设施建设一直处于停滞状态。"胡俊龙说，"得知多功能厅将用于集中培训、学术报告、文艺演出、远程视频等教学活动，John 非常高兴。他说他要把中国的扶贫故事做成 PPT，在伦敦金融城讲给更多国际友人听，动员更多力量参与到咱们脱贫攻坚这场伟大的战争中去。"

2019年3月21日，胡俊龙与中国银行扶贫干部、长武县挂职副县长赵春雨登上了去往北京的火车。他们将出席在英国驻华大使馆举行的"中英公益"爱心捐赠仪式。捐赠仪式上，时任伦敦金融城市长 Alderman Peter Estlin 和时任英国驻华使馆贸易公使 Richard Burn 向胡俊龙捐赠了 19 万元（人民币）的爱心支票。为表感谢，胡俊龙带着陕西省地方特色的手缝布老虎，送给了 Estlin。

在中国银行伦敦分行等多方的协调努力下，2019年5月22日，多功能厅设备安装完成，孩子们"六一"的节目彩排，很多都是在多功能厅进行，枣园九年制学校多功能厅建设项目成为伦敦金融城首个在华的扶贫项目。

回到伦敦，他们把这些感受变成了宣讲的PPT，介绍中国的减贫奇迹，并在很短的时间内募足资金，投入到枣园学校建设多功能教室。合唱、舞蹈、演讲……孩子们有了一个国际化的小舞台！枣园学校校长办公室里，珍藏着一封英文信函，信的那头，是万里之外的英国，而连通的桥梁，就是那个他们熟悉得不能再熟悉的名字——中国银行。

不管中英关系如何变幻，John Mclaim始终保留着他与王蕾的微信联系，始终关注着中国的扶贫，并把他知道的中国扶贫故事讲给他在英国的朋友听。

中国银行波兰分行援建学校足球队，法兰克福分行参与消费扶贫项目、捐赠救灾物资，中银投援建四所中学的标准化篮球场，澳门分行捐资建设旬邑养羊项目；中银国际共捐资500余万元、中银香港募集资金数千万元支持"北四县"扶贫项目；中国银行还分别于2016年和2019年组织了跨境撮合活动（旬邑）、中国银行"一带一路"跨境撮合会（重庆）；此外，为加强国际减贫领域的资源利用和沟通交流，中国银行扶贫工作队还撰写了《扶贫减贫英文手册》……将自身的国际化优势融入扶贫工作中，中国银行以高度的政治责任和担当，围绕精准扶贫，聚焦产业发展、聚焦民生领域、聚焦深度贫困村，借助遍布全球的优势资源，致力打造扶贫共同体，为贫困地区补齐短板，让国际化优势在脱贫攻坚战中持续发力，让世界听到真实的中国扶贫故事。

（四）用最少的钱撬动最好的保障

从齐吴南村边11个分散居住的五保户开始，扶贫干部关注到了这样一个群体——特困供养人员，原称"五保户"，指无劳动能力，无生活来源，无法定赡养、抚养、扶养义务人或者其法定义务人无履行义务能力的人员，属于特殊困难群体，也是扶贫工作中的重点人群，改善他们的居住条件对当地精准脱贫和社会稳定具有重要意义。

队员王野在淳化县挂职副县长两年多时间里，他坚持深入基层、深入贫困户走访调研，两年多来进村入户130余次，实地解决困扰基层脱贫攻坚开展以来的棘手问题。2017年，在走访活动中，王野得知淳化县部分分散居住特困供养人员房屋年久失修，出现漏雨、电线老化、墙皮脱落、房屋裂缝等问题，已影响到基本生活，亟须进行房屋修缮维护，涉及特困供养人员91户，房屋100间。

返回工作驻地后，王野和另一名中国银行在淳化县挂职副县长的队员陈长军，主动与县民政局联系，提出向总行扶贫工作队申请扶贫资金修缮特困供养人员的房屋。县民政局领导表示，基层乡镇、中心负责人也向县里反映过特困供养人员房屋年久失修的现状，可以说实施该项目就是一场及时雨，这更加坚定了王野的信心与决心。他随即向队长王蕾进行了汇报，王蕾非常重视，很快安排时间下乡，来到11户老人居住的排屋，对前期事项进行了走访调研。

之后，王蕾队长带领扶贫工作队队员多次深入特困供养户家中走访，逐户了解特困户的诉求，还了解了其他村子的类似情况。在与县民政局商议后，最终确定该项目使用中国银行扶贫资金76万元，为全县21个村91户分散居住特困供养人员房屋进行屋顶漏雨处理、更换老化电线及室内外粉刷等。项目的实施为淳化县特困供养人员提供了一个安全舒适的居住环境，对淳化县全县贫困人口如期实现脱贫具有重要意义，取得了良好的社会效果。

"北四县"贫困群众每年因人身意外花的钱不在少数，为此，中国银行上海分行引进了上海保险交易所，创建了"爱心中行"公益项目，为贫困群众提供最贴心最踏实的保单。上海分行金融机构部的同事们多次带着分行党委的嘱托，往返于上海和咸阳，与中国银行扶贫工作队和咸阳市扶贫局一起确定捐赠方式和管理机制。

2017年7月7日，咸阳"北四县""爱心中行"公益项目发布仪式在上海举行，该项目由中国银行、上海保险交易所（以下简称"上海保交所"）和咸阳市人民政府共同发起，为"北四县"12万余贫困群众送上15亿元的保险保障。

中国银行向咸阳市人民政府定向捐赠200万元，通过上海保交所招投标平台公开向保险公司招标，为"北四县"贫困人口采购意外险产品，中国人寿保险有限公司最终中标。该项目实现了对"北四县"12万建档立卡贫困人口的全覆盖，为每人提供1.2万元保额的意外门急诊、意外住院、意外残疾、意外身故等保险产品，累计保额达15.01亿元。

可以说，通过专业的评审和市场化的流程，同样的资金撬动了更大的保障，群众受益面更广，保障程度更高。

这种精准滴灌的创新扶贫形式，还实现了基本医疗报销、大病二次报销到商业保险报销的无缝对接，具有覆盖面广、投放精准、杠杆效应强的特点，示范效应良好。不到半年，就受理了1000多人次的理赔申请。

发布仪式期间，中国银行与上海保交所还签署了全面战略合作协议和党建共建协议，这是国有商业银行、交易所、保险公司携手开启金融扶贫合作新模式的积极探索。后来，"爱心保险"项目连做了四年，实现了与新农合、大病保险、医疗救助的无缝对接，受益范围广，总体赔付水平高，理赔服务便捷高效，补齐了当地新农合保险的缺口，起到了良好的帮扶效果。截至2020年，累计保障35.5589万人次，累计理赔9613件。其中最大年龄为106岁，最小年龄不满1岁。

第二章 我们的新身份——从金融白领到基层干部

习近平总书记在《在东西部扶贫协作座谈会上的讲话》（2016年7月20日）中指出："抓工作，要有雄心壮志，更要有科学态度。打赢脱贫攻坚战不是搞运动、一阵风，要真扶贫、扶真贫、真脱贫。要经得起历史检验。攻坚战就要用攻坚战的办法打，关键在准、实两个字。只有打得准，发出的力才能到位；只有干得实，打得准才能有力有效。"中国银行扶贫工作队在适应身份转变的同时，在工作中更加严格地要求自己，真正做到了习近平总书记所说的"真扶贫、扶真贫、真脱贫"，他们经受住了考验，干出了成效。

从繁华的都市来到贫瘠的乡村，要克服的困难有很多。在原来的岗位上，扶贫干部都是独当一面的精英，来到"北四县"却是都要从头做起，还要担负起群众的民生大计。说没有压力是假，但是为了更快更好地完成组织交给自己的任务，扶贫干部克服一切困难，迎难而上，出色地适应了身份的转变，完成了自己的任务。王勇、林永清是队员中极具代表性的，下面就讲一讲他们和同事们的故事。

一、角色转变

（一）关中汉子的扶贫初心

2018年5月，时任中国银行咸阳市分行副行长的王勇作为中国银行第十一批定点扶贫工作队队员被派驻到淳化县担任挂职副县长，负责定点扶贫工作。

板寸头发、浓眉大眼、腰板笔直，讲起话来铿锵有力，王勇给人的感觉就是典型的关中汉子。他生在农村长在农村，当初参军离乡，他把对故乡的眷恋深埋心底，转业退伍后第一选择就是回家，来到了中国银行咸阳市分行工作。他种过地、当过兵、开过车，一路扎扎实实，在地方工作多年，虽然身份换了不少，但一言一行身上的军人气质依然鲜活，骨子里的那份"拼命三郎"的劲头从未消失。外人眼里的他是一个风风火火的"硬汉子"，然而王勇却是心思细腻、低调务实的"铁骨柔情"。他生在农村长在农村，所以更能对乡村的景况产生共情，更能体会到村民的处境。

因此，当中国银行在"北四县"开展定点扶贫工作时，作为东道主的王勇，为中国银行扶贫工作队提供各项支持保障服务。看到来自行里的同事们在副县长、第一书记等挂职岗位上干得风生水起，不仅为广大群众带来福祉，也令当地面貌焕然一新时，他在心里萌发了一颗种子——他也要投入到脱贫攻坚战中，为家乡脱贫攻坚事业奉献自己的光与热。2018年，脱贫攻坚正在如火如荼地开展，王勇积极报名参加遴选，成为中国银行第十一批扶贫工作队队员，担任淳化县副县长开展定点扶贫工作，终于实现了自己的愿望。

（二）快速适应新身份

在担任淳化县副县长之前，王勇已经是中国银行咸阳市分行的副行长。怎样从一个金融机构的负责人转换为地方的基层干部呢？这是王勇首先面对的挑战。

来到淳化之后，王勇没有急于出击，而是给自己一个适应期，首先严格执行总行要求和县政府安排部署，全身心抓学习、抓业务，全面熟悉县情和政策理论，更将14个镇办中心和大大小小205个行政村跑了个遍。通过用心观察、用心揣摩、扎实细致的走访调研，他很快就适应了身份，进入了工作状态，学会时刻从一名政府机关工作人员的角度出发想问题、办事情，努力融入快节奏、高效率的政府工作，顺利接过了扶贫接力棒，得到了县委县政府领导班子和群众的一致认可。

王勇牢记自己的扶贫初心——要"用心"做事情，做"有责任心"的扶贫人。在他心里，扶贫工作无论大小，如果盲目、简单、片面地去做，只满足于日常应付，那就肯定做不好，只有用心研究、用心感悟、用心去做，才能收到满意的成效。因此，他努力学习，全面提升自身综合素质。作为扶贫干部，他系统学习总行有关工作部署，省市县脱贫攻坚相关重要文件及关于打赢打好脱贫攻坚战的一系列政策措施。同时，积极参加县委理论学习中心组和县政府党组召开的学习会议。通过学习，对省市县扶贫的相关要求、政策有了全面的认识，自身理论水平明显提升，谋划和推动工作的能力进一步增强，自己也完全融入了淳化，真正成为淳化的一分子。

（三）接好前人的接力棒

中国银行的定点帮扶工作，凝聚着一批又一批扶贫干部的辛勤付出和聪明才干，总结好、延续好"前人"的成功经验，是后续扶贫干部快速融入工作、快速开展工作的有效途径。作为中国银行扶贫干部，王勇始终牢记使命，严格执行总行扶贫办部署安排，全力接好中国银行在淳化的扶贫接力棒。前队

友的硕果累累，让他充满了斗志，并决心坚决不给中国银行
扶贫工作队这个集体拖后腿。他认真履行职责，及时跟进已
批复项目的建设情况，并做好待审批项目的中间协调工作。
针对存在的问题，紧盯2016年以来中国银行在淳化的扶贫项
目，开展一次"回头看"，主要解决项目资料缺失、责任监
管不到位、运营不规范、分红机制不健全等实际问题，确保
扶贫项目科学、合理、良性运转，发挥带贫益贫效果，助力
淳化脱贫攻坚工作。

在"回头看"的过程中，王勇认真研究前任副县长、中
国银行扶贫干部王野所做的"淳化县秦庄中心供水项目"：
无偿援助资金高达490万元，项目实施难度虽然大，但受益
百姓多，带贫益贫效果明显。这种"大"项目极大地激发了
他的工作热情与干劲。他在心里默默念叨："我也要做这类
大项目。"

二、作风转变

（一）贴近群众需求找项目

当时，中国银行援建项目主要为爱心助学、减灾救灾、蔬
菜大棚建设等项目，项目规模和体量一般相对较小，捐助金额

超过100万元的"大"项目更是凤毛麟角。这也让王勇心里不是滋味。那段时期，他也一心想做些"大"的援建项目，可是到头来想找个超过百万的好项目都是那么难，实在让人沮丧失落。

中国银行扶贫工作队有个传统，那就是每隔一两周，"北四县"各地的扶贫工作队队员就会聚在一起，大家一起讨论最近的工作与困难，交流收获的心得与体会。在一次队会上，扶贫工作队队长、咸阳市副市长王蕾发言："中国银行特色的扶贫理念就是固本培元，坚持在精准度、创新力、绣花功、持续性上下功夫。不仅着眼于投入，更着眼于赋予帮扶对象力量；不仅满足于留下钢筋水泥，更要留下办法、机制、理念和焕发的精神。"其中的"精准度、创新力、绣花功、持续性"十二个字，深深地印在了王勇的心上。他感觉自己原先的努力方向有些偏差，不应该盲目追求大项目，而应该找到更贴近群众需求的项目。

就这样，王勇用了两个月时间，把淳化所有的贫困村又转了个遍。两个月下来，他心里有底了，也萌生了一种莫名的乡愁。这种细腻的情绪，来源于童年的生活经验。在淳化县的一个个贫困村里，遇到的老人、孩子、青壮年，让他仿佛回到了小时候，那种渭北旱塬上特有的朴实与渴望，激荡着他的心。对家乡的思念以及对淳化村民的同情交织在一起，在这种细腻

2019年7月，中国银行扶贫干部、淳化县副县长王勇在官庄镇席家村调研检查"四支队伍"工作开展情况

的情绪里，他知道，他们想什么，他们盼什么，他在他们的语境里。

通过走访，王勇看到了前任队员的成绩，也发现了短板。中国银行从2002年定点帮扶包括淳化在内的咸阳"北四县"，到2018年已经整整16个年头，加上这几年国家给的政策好，修路、盖房，基本条件可以说没有大问题。但具体到每一户，还存在一些不足。在他看来，也是老乡们当前最需要的。"解决群众期盼"，成为王勇心中筛选、申报扶贫项目的唯一尺度。

入户走访中，残疾贫困户给王勇的冲击最大。生活不能自理的残疾人那淡漠的眼神，常年吃药病人家那衰败的气氛，让他心痛，他渴望为他们做点什么。王勇带领团队做了一个统计，淳化县有持证残疾人3795人，其中贫困残疾人1700多人。另外心脑血管疾病患者2万人，大骨节疾病患者3418人，同时，每年大约有5000人因意外伤害就医治疗。由于经济落后和财政困难，淳化县至今无可供残疾人康复锻炼的康复中心，不能接受合理有效的康复治疗，无法改善残疾人的生活质量。人们常说："一人致病，全家致贫。"那么这句话的反面就是："一人痊愈，全家脱贫。"要干啥，王勇心里有数了。

（二）摆正态度强力出击

有了目标，之后就是强力出击！王勇首先从国家医药卫生相关政策入手。国务院发布的《关于深化医药卫生体制改革的意见》，明确提出"预防、治疗、康复三结合"的指导方针，而让全县3795名持证残疾人，特别是全县1700多名建档立卡贫困残疾人，接受合理有效的康复治疗，对患者生活质量改善是有很大促进作用的。然而现阶段我国康复医疗资源主要分布在大型公立医院，基层医疗机构的康复医疗服务能力十分不足，淳化这类贫困县内的供需矛盾就更为突出。

2016年冬，中国银行扶贫干部们在讨论扶贫项目，房间很冷，大家的讨论却十分热烈

为此，王勇找来县卫生和计划生育局等相关部门人员，反复沟通编制项目可行性研究报告，并多次蹲点淳化县内大小医院，与残疾患者交谈，倾听他们所遇到的困难与不便、对于康复机构的想法与要求，设身处地地为他们着想，力求做个"好"项目为其解决实际困难，让他们能得到合理有效的康复锻炼，早日摆脱因残致贫的现状。

经过周密细致的准备，王勇与同事们完成了关于在淳化县中医院建设康复中心项目的可研报告。该项目建设内容包括硬

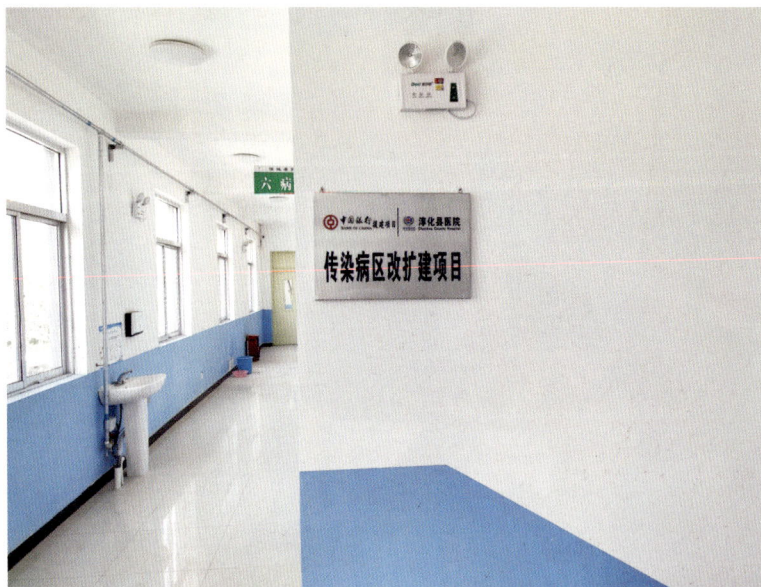

2020年12月，中国银行援建的淳化县医院传染病区改扩建项目。中国银行援建资金60万元，进一步完善医院传染病区设施，提高防疫救治服务能力，促进区域医疗事业发展

件设施的需求和人员配备的需求。其中，硬件设施需求包括为方便年老体弱、行动不便的病人轻松就医治疗而安装电梯，以及为提高基层医疗机构的康复医疗水平，引进购置一批重要的康复类设备；人员配备的需求包括在省市康复医疗水平高的大型公立医院聘请2—3名副主任康复医师进行坐诊，专业指导、教学，带领医院年轻康复医师更好地为病人进行康复治疗，3年内通过校园招聘6名专业知识扎实的康复专业大学生，以壮大医院康复中心的队伍，以及选派4名康复师去三甲医院康复

医学科进修，提高自己的业务水平，为今后医院康复治疗的发展打下坚实的基础。

结合上面硬件设施、人员配备两方面的需求，建设资金又成了令人挠头的问题。本项目预计投资约299万元，而地方财政最多只能自筹50万元，还剩下249万元的资金缺口。原本信心满满的王勇也很头疼，因为当时总行给中国银行扶贫工作队的援助资金额度已经满了。作为曾经主管公司业务的副行长，从哪找到捐赠资金来继续推进该项目也成了难题。尽管如此，王勇还是一次一次地前往咸阳市政府，向王蕾副市长讲解实施该项目所带来的巨大成效与意义，以争取更多的支持与援助。后来连王蕾也感觉到，王勇的作风发生了转变，从一开始对于"大"项目苦苦寻觅、一无所获的沮丧失落，又回到了扎扎实实、脚踏实地的信心满满，这不就是扶贫人该有的气质嘛！最终，经过中国银行扶贫工作队的大力推荐，以及总行的层层审批，该项目成功获批249万元的无偿援助资金，项目得以成功落地淳化。

如果把资金缺口作为第一道难关，那如何做好该项目、控制相关风险就是第二道难关。为降低项目的投资风险程度，王勇考虑把康复中心的建设和医院的医疗保健充分结合起来，用医疗保健促进康复中心各项工作，同时采取政府采购来实施项目，竭力将项目的风险降到最低。此外，他还提倡设立康复中心建设项目领导小组，明确小组领导及成员职责，确保各项工作有人跟进、有人负责。

（三）信心满满为民服务

跨过了资金缺口与风险控制两道难关后，如何更好地实现项目效益，确保所有残疾人能切实享受到项目红利成了王勇一直思考的问题。为此，他在该项目立项时创造性地提出要求，即未来建成的康复中心要对贫困残疾人给予优惠治疗。其中有一条，就是治疗费用在合作医疗报销的基础上，药费之外的费用再优惠50%。这对于广大残疾家庭来说，无疑是极大的利好。

2019年底，经过王勇一年半多风风火火的极力奔走，淳化县中医医院辟出整整一层楼，专门建成高标准康复中心。截至2020年底，康复中心已接待病人8000余人次，其中，残疾人就医1300人次，就诊人员不限于淳化县，已开始辐射周边县市。在康复中心，淳化县东坞乡巴村贫困户邓新龙正在接受治疗。邓新龙2018年在外打工，突患脑出血，左侧肢体几乎瘫痪。县里医疗条件有限，这两年只能靠针灸缓解病况，基本干不了啥活。从2020年年底他到康复中心治疗，用上了颈颅磁治疗仪，身体恢复显著。邓新龙说道，回村后准备申请光伏公益岗，身体慢慢好了，他要先劳动起来。

随着康复中心的落成，更多人知道了这个中国银行派来的"本土"挂职副县长。淳化县的老百姓，也习惯了村里时不时来一个说话响亮的汉子，他爽朗的笑声，让大家听到后心里特别踏实。其实王勇心里明白，他收获的不仅仅是淳化群众发自心底的赞许与感激，更有从事扶贫事业的满满信心，而这也是促使他不断前进的动力源泉。

三、思路转变

（一）细致入微做"小事"

深入基层、走近群众是中国银行扶贫工作队的工作法则，王勇和其他队员在实际工作中坚决贯彻这一法则，坚持在实地调研中发掘好的扶贫项目。他们经常走出办公室，了解基层发展困难，了解群众所思所盼，将工作做实、做出成效，这也是中国银行扶贫工作队开展扶贫工作以来，发掘项目的重要途径。

除了"乡村全域点亮"项目外，在一次下乡调研中，王勇了解到一名复转军人正在筹备成立养牛专业合作社，合作社规模虽不算大，可就建在村口，不仅销售渠道畅通，也方便村民就业。他第一时间与其取得联系，了解到这位复转军人家族有养牛经验，技术成熟，手里已经有了订单，且本人也愿意带领村里群众通过养牛共同致富，只是个人资金有限，不能达到高水平规模化养殖要求。在此情况下，王勇及时与中国银行扶贫工作队取得联系，并成功将其列入2018年中国银行援建项目。项目总投资300万元，其中个人自投200万元，中国银行援建100万元，在官庄镇建成养殖规模300余头的养殖场，实现了企业规模效益最大化，有效解决了周边10多户贫困劳动力的就业问题，并带动100余户贫困户受益分红。如今，合作社已逐步发展壮大，并进行了二期建设，年收益也达到了200万元，带动了50余名贫困群众务工及种植饲料增收致富。以南邢村贫困户韩拴锁为例，为了照顾年迈的父亲，他不能外出打工。自2019年4月份起，他在肉牛养殖场负责打扫牛场夹道的卫生，一个月就能拿到2400元，挣钱、顾家两不耽误。看到像韩拴锁这样一家一户的贫困户日子过好了，王勇就觉得，自己在淳化的日子，没有白费。

（二）实施"乡村全域点亮"项目

淳化县"乡村全域点亮"项目是由银行、基金会、地方政府协同实施的基础设施扶贫项目。该项目以中国银行定点扶贫县农村偏僻散居地带路灯建设为载体，满足贫困地区群众出行安全的迫切需要，调动群众积极参与讨论、参与筹款、参与建设、参与监督，从被动式扶持转化为主动式参与，树立"共建共享共维"理念，激发内生动力，增加互动互信，重塑乡村"朋友圈"，提升基层治理水平，是难得的"基础设施+志智双扶"项目，是中国银行"真扶贫，扶真贫"的代表性项目之一。

项目起源于一次与贫困群众的交流会。在那次交流中，一位上坳村的村民提出，在中国银行的帮助下，他们告别了以前的窑洞，住上了现在的新房，全村人都很感激中国银行对他们的帮助。可村子缺少路灯，夜间出行不便、意外频发，邻里间交流互动少，脱贫致富信息闭塞、信心不足，阻碍了村子长期发展，因此群众对夜间照明的需求十分迫切，希望中国银行能够帮助他们解决村子的亮化问题。

群众期盼的目光就是中国银行扶贫工作队开展扶贫工作的动力！将上述情况整理之后，王勇第一时间向扶贫工作队队长王蕾进行了汇报，希望将官庄镇的"镇域亮化"作为2019年中国银行在淳化的重点扶贫项目，想方设法回应好群众呼声，解决好既缺照明又缺管护的难题。

王蕾在了解到群众这一迫切诉求之后，想到的第一个问题就是如何实施。鉴于基础设施类项目的实施难度较大、牵涉的参与方众多、协调工作要求高，中国银行自2019年开始对于基础设施类项目支持的力度不是很大，这就给项目申报、评

2019年11月，中国银行在陕西省咸阳市淳化县26个行政村实施"点亮乡村、光明万家"项目，安装路灯2800盏，受益群众达1.47万人

审、批复造成了困扰和不确定因素。但面对群众的诉求，王蕾先后多次带队来到官庄镇，开展项目调研，了解项目实施的必要性，并多次在扶贫工作队会上与王勇及其他扶贫工作队队员一起探讨点亮项目如何实施的问题。经过不间断的探讨论证，王蕾提出了"基础设施+扶贫扶志"的模式，可以扶贫扶志为项目背景，解决部分贫困群众"等着扶、躺着要"等不良现象，这一想法得到了大家的一致认可。

通过实施"乡村全域点亮"项目，实现了以解决群众期盼开展基础设施扶贫的目标，并为淳化县巩固提升脱贫攻坚成果、全面开启乡村振兴战略贡献了应有之力、应有之智。

当村路点亮的那一晚，一位村民激动地说："中行安装的路灯，不仅照亮了我们脚下的路，也照亮了我们的心，我们可以出来跳广场舞了。""乡村全域点亮"项目的成功实施，离不开广大群众支持参与。回顾整个项目实施的过程，特别是在群众自发捐款环节中，大家那股热情，深深地打动了每个人的心。官庄镇仙家村聋哑人仙阿龙来到捐款现场，"手舞足蹈"，喜笑颜开地捐款100元；五保户仙运输来到捐赠现场，将从口袋中掏出的3张皱巴巴的10元钱投入捐款箱中。周围群众纷纷说道："你作为一名五保户，生活依靠政府救济，大可不必捐款。"仙运输激动地说："村子安装路灯，这是村子的大事，我作为一名五保户，多年来依靠政府救济、左邻右舍的帮助才得以维持生计，我很感激大家对我的帮助。看到你们踊跃捐款，我作为村子的一分子，也想为村子建设作贡献……"这一笔笔饱含群众心血的沉甸甸的捐款，汇聚成一盏盏点亮官庄镇夜晚的路灯，也在每一位村民心中点亮了自立自强、团结向上的明灯。

该项目不仅解决了农村散居地带群众热切期盼的夜间照明问题，在此基础上，中国银行扶贫工作队探索将扶志、扶智、扶治融入贫困地区基础设施项目，实现硬件与人、机制的同步提升。

2019年11月，中国银行援建淳化县"点亮乡村、光明万家"项目，为当地群众照亮回家的路

（三）孩子是所有人的牵挂

中国银行在淳化的扶贫援建项目，除了基础设施、产业发展、医疗卫生外，教育扶贫一直以来都是重点倾斜的领域。淳化县的中小学生们，谈起印象最深的县长叔叔，也许就是那位说话慢条斯理、脸上总是笑眯眯的"林叔叔"。

作为中国银行总行选派的第十二批扶贫干部，中国银行挂职淳化副县长林永清扶贫两年多来，说得做得最多的还是教育。

每到隆冬时节，落雪后的山区淳化县昼夜温差高达15℃，当地人称为"西北吼"的西北风就会呼呼地起劲叫唤着，干冷干冷的。林永清望着窗外飘落的雪花，坐立不安，他想起了淳化农村学校的孩子们。学校教室和宿舍的暖气供上了吗？孩子们上课、睡觉冷不冷？这些都是他深深的牵挂……

2018年12月，林永清从河北省廊坊市来到淳化县挂职副县长。到淳化两年多时间，他把心扎在了这里，跨进三沟五塬、走遍沟沟壑壑，吃农家饭、说农家话、干农家活，农民的"贫"他看在了眼里，盼脱贫的眼神也记在了心里。在与群众拉家常中，林永清发现质朴的贫困群众把"斩穷根"的希望寄托在下一代孩子身上，而这就是他未来努力的方向……

做在老百姓心坎上。"群众盼啥咱帮啥，群众想啥咱干啥"，林永清时常这样说。教育扶贫是阻断贫困代际传递的治本之策。找好了突破口，他进学校、访教师、问学生，把扶贫扶志扶智的阵地搬到了学校。淳化县地处渭北高原，境内沟壑纵横，农村学校布局分散，天然气通不到，燃煤锅炉用不了，大部分农村学校取暖问题极为突出。在一些农村学校，走进教室宿舍，望着孩子们冻得通红的脸蛋，看着他们蜷缩的身子，他的心就像针扎了一样难受。2019年，他积极组织扶贫援助项目材料，成功争取扶贫资金480万元，在官庄镇中心小学等22所农村寄宿制学校，率先实施了取暖设施提升改造项目，

2020年，中国银行投入1525万元，为长武、淳化两县53所农村中小学和幼儿园安装环保取暖设备，受益农村学生达1.4万多人。图为长武县巨家镇中心小学内空气源热泵模块机组

安装空气源热泵热风机1172套，解决了包括1116名贫困学生在内的5500余名农村学生的取暖问题。教室暖和了、宿舍暖和了，孩子们学习的劲头也更大了。2020年，他又争取总行扶贫援助资金345万元，连同县级配套的45万元，为胡家庙完全小学等11所寄宿制学校安装了空气源热泵热风机780套，全面解决了全县所有寄宿制学校的取暖问题，实现了对淳化县农村寄宿制学校冬季清洁取暖的全覆盖。

农村孩子有技能就有出路。一个贫困家庭的孩子如果能接受职业教育，掌握一技之长，能就业，这一户脱贫就有了希望。林永清深入淳化县职教中心现场调研，对接市场需求、学生需要，并联系学校实际，争取总行80万元援助资金建成了职教中心网络综合布线实训室和中小学创客教室。学生实训有了专业场所，考取技师证有了条件，实践能力和技能水平得到了显著提升，切实将扶智、扶技、扶志落到了实处。

让农村孩子赢得人生出彩的机会。教育扶贫不仅要让孩子们进得来、留得住，更要让他们学得好。2019年，林永清积极引入情系远山公益基金会"小学英语双师课堂"项目，让胡家庙小学等8所学校19个教学班1500余名师生受益，激发了学生学习英语的兴趣。2019年，在他积极联系对接下，中国银行支持的淳化中学"荷之声"合唱团师生从北京参赛归来，宁静安详的山村沸腾了，"淳化中学合唱团在北京拿到金奖啦！"淳化人的微信群、QQ群、朋友圈都被这个消息刷屏了。贫困孩子也有出彩的机会，满满的都是祝贺声和赞美声！在他的推动下，"益心云课堂"项目、秦河等三所幼儿园建设项目、点亮校园项目、助学奖教项目、冬奥夏令营项目纷纷落地，涵盖了学前教育、义务教育、高中教育、职业教育各个阶段。从淳化最北的秦河至最南的石桥，最西的黄甫到最东的固贤，淳化的每一个镇办、每一所学校都留下了他坚实的脚印。他说："农村贫困孩子们永远是我最深的牵挂！"

2019年以来，中国银行共支持淳化县扶贫项目86个共6512.71万元，其中教育扶贫项目36个共2083.49万元。每一

"小学英语双师课堂"是中国银行引进的教育扶贫项目，2020年5月6日在淳化县实施以来，已覆盖淳化县8所学校19个教学班

个项目的背后，林永清看了多少、说了多少、干了多少，家长和孩子们的笑脸就是最好的"成绩单"。

经过接近三年的扶贫工作历练，王勇、林永清共争取各类帮扶资金7949.3万元，实施扶贫项目125个，他们实现了角色转变、作风转变和思路转变，还通过向前任队员学习、与现任队员协作的模式，实现了团队协作的转变。而这也与中国银行总行的全面部署与统筹规划密不可分，在脱贫攻坚决战决胜时期，总行在"北四县"每个县派出了两名扶贫干部担任挂职副县长，他们相互协作、相互补台，共同推进中国银行在当地援建项目的落地实施并取得了良好的脱贫效果。这些项目体现着历任中国银行挂职干部的延续性工作，一年一年，久久为功。而这些扶贫干部都只是中国银行扶贫的一个个符号，他们共同体现着中国银行扶贫的理念。

第三章　我们的新突破——以小博大求发展

习近平总书记对于扶贫工作有很多精辟的论述，他曾经指出："要坚持扶贫同扶智、扶志相结合，注重激发贫困地区和贫困群众脱贫致富的内在活力，注重提高贫困地区和贫困群众的自我发展能力。要改进工作方式方法，多采用生产奖补、劳务补助、以工代赈等机制，教育和引导贫困群众通过自己的辛勤劳动脱贫致富。"（2017年6月23日《在深度贫困地区脱贫攻坚座谈会上的讲话》）中国银行扶贫工作队结合"北四县"实际情况，在产业扶贫中坚持群众主体，努力培养贫困地区的内生动力，取得了累累硕果。在"北四县"党委政府、干部群众不懈奋斗和中国银行帮扶下，咸阳"北四县"于2019年全部摘帽，四个县的386个贫困村全部出列，47347户168629名建档立卡贫困人口不落一人全部脱贫。

如此成绩的取得，离不开中国银行扶贫干部多少年来顶着烈日的奔波，离不开多少个日夜的不眠不休。帮助当地群众摆脱贫困的有效方法之一是发展当地的经济，从根本上解决创业难、收入低的问题。脱贫攻坚以来，中国银行发挥金融优势，通过无偿投入、信贷投放、撮合引资等方式，帮助当地解决融资、市场等难题，优先支持当地的产业发展。但是找到适合当地发展的产业，才是最关键的。虽然"北四县"自然环境艰苦，可发展的产业受限，但任何困难都不足以阻挡队员们的决心，他们蹚地头、下田间，不辞辛苦，带领当地群众用一颗颗"小"果实硬是铺就了一条条康庄"大"路。

一、小油桃挺进大市场

桃渠村位于淳化县方里镇。村如其名，桃渠村的主导产业就是油桃，村里几乎家家户户都种油桃，种植面积超过2000亩。抓住油桃，也就抓住了桃渠村产业发展的"牛鼻子"。2017年8月9日，中国银行扶贫工作队的方傲刚到桃渠村时，正值油桃丰收，家家户户都在忙着摘桃、卖桃，全村上下一片繁忙景象。但是，在这热火朝天的场面之下，方傲也感受到了桃农们的忧虑。

中国银行先后选派马辉、方傲担任淳化县桃渠村第一书记。图为桃渠村新貌

　　种桃辛苦，几乎一年四季都忙在地里，剪枝、上肥、疏花、疏果、套袋……比如套袋，无法机械操作，必须人工完成，为了抢抓农时，一个成年劳动力一天需要套5000个以上的袋子；再比如采摘，要赶在天不亮就下地摘桃，保证果子新鲜，如果遇到连阴雨天，家里的小孩都要一起下地帮忙。但是，近年来油桃却陷入高产低价的困境，2017年的收购价还

不到1元，除去成本，桃农陷入了"丰产不丰收"的尴尬局面。很多村民心灰意冷地告诉方傲，一年到头白忙活，再也不种了。看着大家疲惫的身影和失落的脸庞，方傲在心里暗下决心不能让村民流汗又流泪。

明明品相、味道都不错的油桃，为什么卖不上价？方傲做了多方调查，了解到桃渠村地处偏僻，交通不便，影响了油桃的外运。但这不是主要原因，更大的问题出在村民的销售观念上。受主客观的各种条件所限，村民依然采用等客上门的销售方式。每到收获季节，收桃的客商来不来、收多少、什么价，完全无法预测，村民对外面的市场一无所知，在客商面前毫无谈判能力，只能被动接受。遇到客少桃多的年景，只能任由客商压价。所以，眼前最急迫的就是拓展销售渠道，而这个任务就落在他这个外来的第一书记肩上，他必须把桃渠村的油桃卖到外面的大市场上去，而且要把"桃渠油桃"这个品牌推出去、打响亮。

这对于没有任何农产品销售经验的方傲来说，着实是个挑战。油桃8月下旬就下市了，留给他的时间只有半个月。为了快速高效地开展工作，他对油桃的销售情况做了进一步调查，发现原来这里的客商在收购油桃后，主要销往陕北、西北一带，并没有覆盖其他地区。要想把油桃卖出好价钱，有两个工作必须做好，一是走出陕西，把这种独特的油桃卖到更远的地方去，让更多的消费者品尝到；二是拉直供应链，减少中间环节成本，给消费者让利，为农户增利，实现双赢。按照这个思路，"农超对接"成了他的首选方案。他召集村"两委"说明了他的方案，得到了村干部的大力支持，但至于怎么做，大家都是第一次，只能摸着石头过河。

但桃子不等人。时间紧，任务重，方傲不等不靠，说干就干。他一方面通过朋友、同事联系北京的各大超市，一方面和村干部带着样品到200公里外的水果集散地大荔县跑市场。陕西是水果大省，8月又是水果集中上市的季节，水蜜桃、西瓜、李子、甜瓜等等，应有尽有，想在这个时候把毫无名气的桃渠油桃推出去，难度可想而知。在不知碰壁多少次后，北京一家连锁超市的驻陕采购员被这个同样来自北京的小伙子打动。在进行了实地考察和产品检测后，这位采购员同意给他们一次试销的机会，单价为2元／斤，远高于本地收购价，但条件是如果销售情况不理想，就中止合作。

所谓试销，原因有三，一是北京本身就是平谷大桃的产地和市场，对桃渠油桃的接受度有多高不得而知；二是村里没有在高温环境下长途运输油桃的经验，途中损耗多少？能否安全抵京？途中遇到突发情况怎么处理？三是村里从来没有组织过这种大规模、高标准地供货，谁来组织采摘、质检、包装等这些工作。虽然这些问题都没有答案，但面对这次宝贵的机会，

油桃丰收，村民脸上满是喜悦的笑容

方傲还是决定试一试，希望为村里蹚出一条路。如果试销失败，大不了他来承担损失。此外，为了树立"桃渠油桃"品牌，在他的极力争取下，超市同意用"桃渠油桃"作为货品名并单独设立核算码，这意味着北京消费者将第一次在超市卖场和购物小票上看到"桃渠油桃"。

　　发货时间定在三天后的8月17日。来不及犹豫和迟疑，他马上带领村干部投入到紧张的准备工作中来。村里成立了由党员组成的销售小组，把采摘、分拣、装箱、运输等每个环节分工到人、责任到人。方傲知道，这次农超对接不只是卖桃，更重要的是树立品牌，每个环节都要做到最好。尽管已经对村民进行了动员，但在实际操作中，大家还是碰到了很多难题，特别是村民对于种种"第一次"的不解，让他们着实费了一番口舌。比如，村民第一次面对质量审查，超市对于油桃的大小、成熟度都有要求，不合格的油桃会被拒收；再比如，村民第一次需要按时供货，不论刮风下雨，只要有订单，就要下地摘桃，而原来客商收购时，卖不卖的主动权在村民手里。油桃怕热，由于村里没有水果冷库，无法对油桃进行打冷，所有油桃必须要在运输当天凌晨采摘，当天8点前运到大荔，再送北京，中间不能耽误。经过紧张的筹备，顾不上休息和睡觉，17日凌晨3点，方傲和村干部带着4000斤试销油桃跟车运往大荔，按时交付给超市采购员。交货后的心情并不轻松，随后便是焦急的等待。18日凌晨，油桃顺利抵达北京，下午分发到超市各门店。19日，桃渠油桃在超市正式上架销售。这时大家的心都还悬着，因为大家都不知道桃渠油桃是否会被接受。

19日下午，北京超市传回好消息，4000斤油桃很快销售一空，伴随好消息而来的还有8000斤订单。很快，小村子被这个消息引燃了："我们的油桃卖到了北京！"大家像被打了强

油桃丰收了

心针一样兴奋，一刻不停地投入到明天的备货中。随后的几天，超市订单逐日增加，最高达到单日1.8万斤，物流车直接开到村里收货，专车直运北京。截至27日下架，一周下来，桃渠油桃销量达到6.3万斤，在超市100多种水果中位列第三，是超市历史上单周销量最高的油桃，远超村民和超市的预估，可以说是一炮而红。北京消费者买到了物美价廉的桃渠油桃，果农们拿到了更高的收入，可以说是双赢。

方傲把这次"农超对接"当作是桃渠村主动拥抱市场的第一步，面对超市高标准、高频次、大批量的供货要求，村里经常是下午甚至傍晚拿到订单，深夜组织备货装箱，中间只睡三四个小时，第二天凌晨发货。其间，还碰上过包装箱脱销、下雨、货源不足等问题，但一切付出都值得，农民增收了，"桃渠油桃"的品牌立住了，村民看到希望了！

虽然方傲于2018年5月离开桃渠村，转任永寿县张贺村第一书记，但他心里一直惦记着桃渠村的村民，时刻不忘帮助桃渠油桃拓展市场。在他的帮助下，2018年夏天桃渠油桃又入驻北京另外一家大型连锁超市，2019年夏天，他把凤凰卫视助农节目《大家来帮忙》带进了桃渠村，通过凤凰卫视直播节目进行了现场销售，进一步把桃渠油桃推向全国。小油桃终于找到了大市场。2020年，继油桃交易市场后，桃渠村水果冷库建成并投入使用。桃渠村的"油桃之路"越走越宽了。

二、小花椒带来大希望

咸阳市共有三个深度贫困村，永寿县渠子镇的张贺村和邻村咀头村都在列。张贺村人口386人、贫困人口306人，贫困发生率79%，在三个深度贫困村中最高，从这个角度说张贺村是咸阳最穷的行政村不算夸张。2018年3月，得知行里在招募驻张贺村第一书记时，方傲响应号召第一时间报了名。5月9日，是他启程去张贺村的日子，但是老天爷给了他一个下马威，突如其来的一场雨阻断了进村的路。无奈，只好等到雨过天晴，14日才再次启程前往张贺村。从县城出发驱车45公里，连翻两座深沟，最深的沟落差近百米，最窄的墚仅能通过一辆汽车，一直到开到泾河边、塬深处，无路可走的地方，就到了张贺村。虽然他在来之前已经做好心理准备，但张贺

中国银行支持贫困群众发展农业产业，实现稳定脱贫。图为中国银行聘请西北农林科技大学教授为贫困群众指导花椒种植技术

村的贫困状况还是让他大感意外，这里快递不通，没有商店，交通闭塞，空心化更严重，几天走下来没见过几台冰箱和电视，房子大部分还是土坯结构。逢雨就变"孤岛"，无法进出。

更致命的是产业落后，全村土地依然用来种植小麦，这在盛产水果的咸阳地区非常少见。村里的青壮劳力全部外出务工，只剩下几十口老弱病残，是典型的空心村。产业扶贫箭在弦上，当地政府为村里规划了花椒产业。

为什么是花椒？因为花椒是最适合张贺村的脱贫产业，它耐寒耐旱，适合张贺村渭北旱塬气候；产出高，目前亩产纯利在8000元以上；管理成本低，一个成年劳力可以管理20亩以上的花椒，农民可以打工、种地两不误。

为了支持张贺村和咀头村发展花椒产业，中国银行无偿捐赠100万元。但两村的花椒产业路却走得磕磕绊绊。2017年底，村民种过一茬花椒，结果成活率极低，只有20%左右。这么适合张贺村的花椒，为什么不好推广？好产业为什么没有好发展？走访下来，方傲发现，主要原因出在村民的"心"上。过去十年间，包括张贺村在内的整个郭村塬先后发展过苹果和核桃产业，但都以失败告终。当花椒登场时，经历了两次失败的村民选择用脚投票，产生了抵触心理，村民种植积极性很低。此时，方傲才知道，在张贺村种花椒，绝不是"挖个坑、埋点土"这么简单，而是要重建信心、重聚人心。

这么好的产业项目，不能就此搁浅，不论对于中国银行扶贫工作队还是张贺村，花椒就是没有退路的"第三次创业"，只能成功不能失败。方傲带着村"两委"开会分析、实地调研，总结出村里发展花椒产业面临的三大任务：愿意种、种得活、管得好。虽然困难重重，但不能降低标准，从有利于产业发展的长远角度考虑，他们定下了规模化、市场化、精品化的发展策略，下面要做的就是实干苦干，各个击破。

首要任务就是帮助村民转变观念、统一思想，接受花椒产业。在去每家每户宣传时，方傲发现光靠嘴无法打消村民们的疑虑。会不会重蹈前两次的覆辙？到底有没有说的那么好？面对这些问题，他有了带村民"走出去"看一看学一学的想法，让别人的成功打动村民。经过一番详细了解，他最终选定了"中原花椒第一村"河南省三门峡市渑池县不召寨村作为考察对象，带领张贺、咀头两村40余名村民代表，驱车400多公里、8个小时赴河南取经。

陕西省内韩城与凤县都是花椒核心产区，为何舍近求远选择河南不召寨村？扶贫先扶志，张贺、咀头两村缺的是信心，不召寨村正是两村看得见、摸得着的榜样，具有两村最需要的创业精神。村书记史名朝向大家介绍了不召寨村的创业史。过去的不召寨村像极了现在的张贺村，下雨不积水、遇旱不打粮。16年前，史书记带领村民种下第一棵花椒，凭借着坚持不懈的韧劲，不召寨村如今成为远近闻名的富裕村：花椒亩产纯利1万元，村民仅凭花椒获得的人均纯收入就达2万元，80%的村民在县城买房，种植大户年收入超60万元，而且花椒耐寒、耐旱、管理成本低，一个成年劳力可以管理20—30亩花椒。在不召寨村会议室和花椒地里，两村村民与史书记进行了深入交流，从花椒市场前景到田间管理，从育苗到粗加

2020年是张贺村花椒第一次结果，中国银行驻村第一书记龚辰与张贺村村民，一起包装村民采摘的花椒

工，气氛热烈。参观结束后，一位村民感慨道："不召寨村与我们一样靠天吃饭，甚至找不出一块像样的整片土地，他们行，我们也行！"通过此次学习，村民们终于坚定了发展花椒产业的决心和信心。

解决了"愿意种"的问题，接下来就是如何"种得活"。虽然村民们一辈子摸爬滚打在地里，是种庄稼、打粮食的能手，但对于能不能种好花椒，大家心里都没底。另外，市面上各种所谓优质的花椒苗林林总总，哪个品种适合张贺村、哪里能买到质量好的花椒苗，以后的田间管理怎么做，对于这些问题，大家也是两眼一抹黑。于是，方傲有了把专家"请进来"的想法。"要请就请最好的！"经过一番了解，他把邀请目标定为国内花椒领域的权威专家——西北农林科技大学林学院院长魏安智教授，魏教授同时也是原国家林业局花椒工程中心首席科学家、花椒产业国家创新联盟牵头人。他没想到第一次去西北农林科技大学就碰了壁，魏教授热情地招待了他，但由于工作繁忙，没有同意担任张贺村的技术顾问。第一次请不到，就请第二次、第三次。最终魏教授被他的诚意所打动，同意担任技术顾问，帮助张贺村发展花椒产业，用他的话说："我是第一次跟村里合作！"就这样，在魏教授的指导下，张贺村的花椒产业规划逐渐清晰起来，1000亩起步确保规模优势，品种以抗寒的狮子头为主，实行

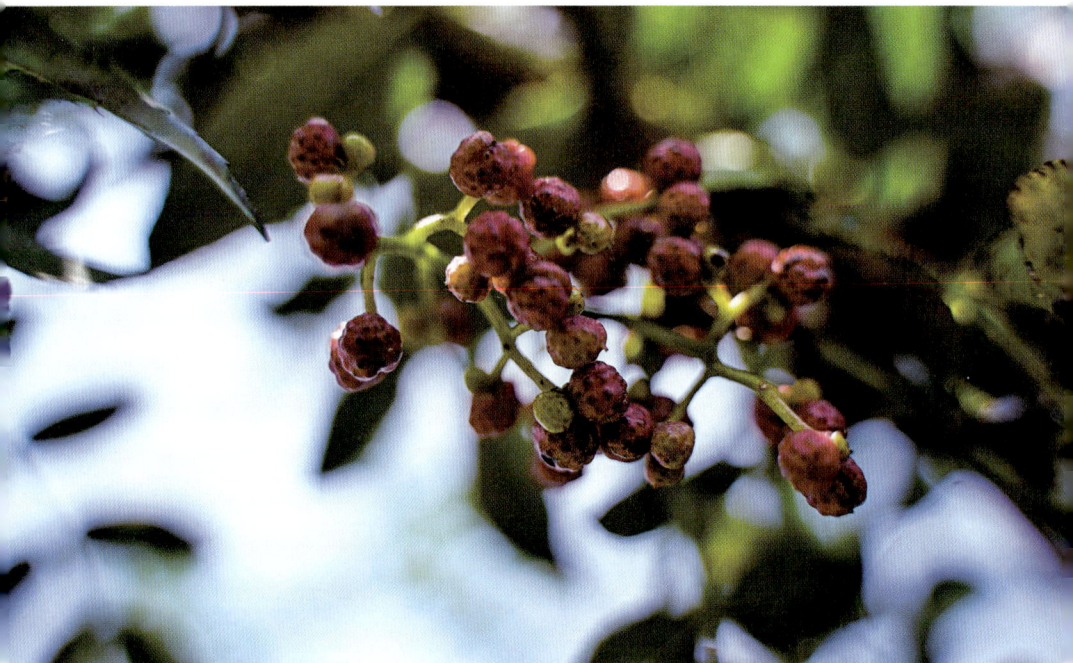

小花椒丰产给村民带来生计的大希望

集中连片管理。他们奔赴杨凌购买优质花椒苗,组织群众按照魏教授的指导统一种植、统一管理。当时正值两村停水,他们从10公里外的村里拉水,手工浇灌了这6万多棵花椒苗。2019年春天,咸阳遭遇了罕见干旱,很多庄稼减产甚至绝收。但正是因为张贺村采用了保湿抗寒的科学种植方法,花椒苗的成活率达到了95%。

花椒种活了,下面就是管理。管理好不好、精不精,直接关系到未来花椒的产量和质量。花椒三年结果、五年丰果，国家的产业补贴只有一年，后面几年怎么办？他们开动脑筋，双管齐下，首先成立由村民组成的管理团队，依靠西北农林科技大学的技术力量培养村里"土专家"，开展土地托管。张贺村从一开始就制定了统一种植、统一管理的"双统一"策略，一是因为很多村民在外打工，平时无暇顾及土地，他们有土地托管的需要；二是从产业化、规模化、集约化经营的角度，统一管理有助于提高整体竞争力。全村只要愿意学习技术的村民都可以参加技术培训，学成后参与到全村的花椒田间管理中来，靠技术赚钱，这样既培养了农民技能，又增加了农民收入。其次，他们大力开展土地流转，引入中药种植合作社，在花椒地里推行丹参套种，农民既可以拿到土地流转费，也可以参与中药种植打工赚钱。此外，为了解决销售的后顾之忧，方傲带着村干部到花椒集散地韩城提前跑市场，与当地花椒合作社和销售企业建立合作关系，达成销售意向。这样一来，在花椒结果产生收益前，村民拿到的收入并不比种小麦少，花椒的销路也有了初步保障，大家的心彻底踏实了。

2019年8月，来自中国银行总行的龚辰接棒方傲担任张贺村第一书记，从中国银行集中采购中心经理转身为贫困村的驻村第一书记，他说实现了自己多年的梦想。2020年夏天，两村的花椒树结出硕果，在两位第一书记的帮助下，花椒卖出

中国银行支持贫困群众发展农业产业，实现稳定脱贫。图为贫困群众
看到种植的花椒长势良好，露出幸福的笑容

了50元／斤的高价格，赚到钱的村民喜笑颜开，他们把小花
椒种出了大希望。

三、小金猪换来大元宝

2020年11月15日，初冬的清晨，温暖的朝阳刚刚跳出地
平线，渭北郭村塬上的张贺、咀头两个村一片祥和、平静。远
远地，几辆载有三层货架的卡车慢慢驶来，停在了村养猪场门

口。这里早已围拢了很多村民，每个人都笑得合不拢嘴。原来，由中国银行援建的永寿县深度贫困村养猪场项目第一批生猪今天就要出栏。

时间回到2018年正月，张贺村召开年度第一次党支部会议，挂在大家脸上的不是喜悦，而是满面愁容。看到其他村的乡亲们通过发展种植养殖业鼓起来的荷包，想到自家破报纸糊墙的现实，大家都盘算着如何改变。"咱村没资金、没技术、没水，养猪能成吗？"村书记贺长青感叹道。充斥在大家心里的除了苦涩，更是不甘与无奈。

2018年5月，方傲来到张贺村担任第一书记。了解到村里想养猪的想法后，与村"两委"同志一道对生猪养殖行业进行了认真分析和反复调研，最终他们认为张贺村发展生猪养殖行业具有天时地利人和的优越条件。首先是天时，面临行业发展机遇期。从需求侧看，城乡居民收入水平不断提高和食物消费结构不断升级等引致的需求强力拉动，中长期生猪养殖行业快速发展。从供给侧看，生猪养殖是典型的周期性行业，受环保政策、规模化养殖趋势、"非洲猪瘟"等因素叠加影响，我国生猪出栏量短期内出现减少趋势。其次是地利，自然条件得天独厚。张贺村林大沟深，人烟稀少，自然环境优越，土地资源丰富，具有发展规模化养殖的自然条件。最后是人和，发展意愿尤其强烈。如前所述，村里强烈希望通过发展产业摆脱贫困，在发展养猪产业上更是意见一致。

养猪是周期性行业，村民吃过低猪价的苦，一家一户分散养殖，既无法抵御"猪周期"市场风险，也不能满足越发严格的环保要求，同时无法抵御"非洲猪瘟"等潜在疫情影响。中小散户退出生猪养殖的趋势已经形成，张贺村不能再重蹈覆辙，必须走规模化、市场化的道路。基于上述考虑，村里最终确定了"企业+合作社+农户"的养殖模式，由两村村集体合作社与行业龙头温氏集团合作，温氏集团提供统一猪场规划、统一物料供应、统一技术服务、统一肉猪回收，保证农户基本收益的"四统一保"核心服务，村集体入股，合作社负责日常运营管理。不少于40%的养殖利润将向两村全部建档立卡贫困户、村集体进行分红，且年分红总额接近40万元。这使得贫困户逐步享受扶贫项目的红利，不断增强获得感。

生猪养殖工作全部由合作社与贫困农户负责，在一定程度上提高了贫困农户的素质和发展能力，帮助他们从逐步摆脱贫困的现实中增强自信心，从了解扶持政策中增强自信心，从学知识、学技能、强素质中增强自信心，这正是中国银行扶贫工作队力求达到的将扶贫与扶志扶智相结合，实现稳定脱贫的目标。

在市县部门的大力支持下，在两村村民的共同努力下，在中国银行300万元的无偿援助与全方位、立体化的精准扶持

2019年5月，永寿县渠子镇深度贫困村生猪养殖场建设项目位于咀头村和张贺村之间，总投资747万元，县农业局产业扶持资金等出资447万元，中国银行无偿投入300万元，建设可容纳3000头生猪的现代化生猪养殖场

下，只用了不到两年时间，一座现代化的生猪养殖场拔地而起。张贺村合作社法人代表、党支部书记贺长青表示，正是在中国银行的大力支持下，张贺、咀头两村的3000头养猪场项目于2019年5月建成并投入运营，并于5月下旬至6月中旬分

三批次共购进3305头小猪苗。经过近6个月的辛勤努力，克服了猪场建设、生猪养殖、病情防疫等多重困难，眼见着一头头小猪苗茁壮成长为平均体重超过250斤的"二师兄"，村民们的喜悦之情溢于言表。"这些成绩离不开中国银行的资金支持和派驻市、县、村三级中国银行扶贫工作队队员的支持与帮助，他们付出了比我们更多的艰辛，在此我代表张贺、咀头两村所有村民，向他们说一声'谢谢'。"贺长青书记如是说。

尽管贺长青书记对养猪过程中的困难轻描淡写，但养猪场场长贺明利的心头却是别有一番滋味。作为村里少有的掌握水电技术且有汽车驾照的年轻人，贺场长多年前就在咸阳的一个煤矿打工，过着收入不低、工作相对稳定的安逸生活。但自从他选择回到村里养猪，乡亲们的议论一直不断。贺明利表示："尽管我不会养猪，但我懂水电技术，有助于猪场建设和后期运营，而且我会开车，这也是位于渭北旱塬偏僻处所必需的技能。"贺明利用自己的方式为养殖场奉献着自己的青春。其实，在贺明利场长、两村合作社全体社员，以及中国银行扶贫工作队队员的心里都有一个共同的梦，他们坚信有政府支持与中国银行资助，在渭北旱塬深处一定能飞出"小金猪"。

就这样，大家开启了艰辛而又波折的"筑梦之旅"。猪场建设伊始，由于路远沟深，猪场建设所需的建材远高于市场价，大家就每天自己开车，不停在市、县与村里之间往返，争取买到质优价廉的建材；猪场资金短缺，中国银行就帮助联系贷款；村里常年停水，建设工人因生活不便走了一拨又一拨，加上郭村塬上劳动力极度匮乏，大家就发动一切宣传力量，补充劳动力。后来小猪苗进栏后，由于缺少技术支持、小猪苗接二连三地死，猪场员工、温氏技术人员以及中国银行派驻的第一书记就整夜地蹲守在猪棚里，给小猪苗打针喂药，并定时监测体温，确保小猪苗顺利度过适应期。再到后来正值盛夏，又遇到了长达数周的停水，大家就每天驾车从20公里外的马坊镇运水，确保小猪苗的饮水需求。还有一次紧急抢修猪场的水井，大家一起忙碌到了后半夜。这样的故事不胜枚举，但看到如今胖墩墩、圆滚滚的"小金猪"，大家心里都是美滋滋的，因为之前付出的艰辛与汗水都有了回报。

四、小工程赢得大效益

2020年7月5日，对整个郭村塬来说，是意义重大的一天。这一天，咀头村委会东侧闲置已久的蓄水池实施拆除。在过去近40年的岁月里，这个建在全村高位的蓄水池，储存的都是买来的水，每隔几天填充一次，循环往复，年复一年，用于人畜饮水、农田灌溉。2019年，中国银行投资300万元实

曾经的"北四县"，水资源缺乏，当地群众依靠水窖保存"生命之水"

施"小高抽"工程，在咀头村委会的西侧后方建起了水塔，帮助包括咀头村、张贺村在内的整个郭村塬结束了买水、储水的日子。

在蓄水池拆除当晚，咀头村第一书记赵宝诚就把蓄水池和泵水塔的对比图添加到了自己的工作日志中。"水窖已成历史，水塔成为新地标。"赵宝诚，中国银行总行交易银行部经理。2002年9月，中国银行首次向"北四县"派出扶贫工作人员时，他便到永寿县挂职副县长。2018年9月，得知总行选拔第十一批挂职扶贫人员时，赵宝诚更是得到家人支持后，毅然报

2019年，中国银行无偿援建永寿县深度贫困村供水工程，解决了附近张贺、咀头两个深度贫困村群众安全饮水和农业灌溉问题

名，再次来到了永寿。这次，他到深度贫困村咀头村担任第一书记。从副县长到第一书记，赵宝诚用实际行动诠释着一个金融人的拳拳之心和家国情怀。

深度贫困村的饮水问题也同样牵动着中国银行另一位扶贫干部的心——万蔚，中国银行苏州分行高级经理、永寿县挂职副县长。从江南水乡到黄土高原，深度贫困村严重缺水的问题对他的冲击极大，他下定决心要为村里干点实事。

村里虽然通了自来水，但供水并不充足。因为缺水，种地只能靠天吃饭；因为缺水，养殖产业难以发展。症结虽然找到了，但该如何开方施治呢？这正是万蔚陷入沉思的原因。为解决这一问题，他及时与永寿县水利部门对接，并协调专业人士进行多次勘察论证。在此基础上，他组织完成项目计划，并向中国银行总行提出项目申请。回想起那段日子，万蔚说："那段时间，每天都睡得很晚，一躺到床上脑子里就全是'小高抽'项目。项目资金能否申请下来？项目水量、水质能否满足村庄长远发展需求？现在，全村人可都眼巴巴地盼着呢！"

很快，便有好消息传来——中国银行总行同意支持在咀头村新建"小高抽"项目，支持资金300万元。为确保项目进展顺利，万蔚全程参与咀头村"小高抽"项目，看材料、盯施工，隔三岔五便往咀头村跑。现在，高耸的"小高抽"水塔已成为咀头、张贺等多个村千余名村民赖以生活饮用、发展产业的源头活水。

五、小食堂成为大家庭

在曾经的张贺村，吃饭是个大问题。这里严重缺水，交通闭塞，没有商店，更没有快递，想买菜只能依靠每周一次的流动商贩，而且只能买到土豆、洋葱、萝卜、辣椒等便于储存的蔬菜，新鲜叶菜很难买到，即使买得到，没有冰箱也很难保存。生活如此不便，村里数量众多的留守老人们的吃饭问题是怎么解决的？带着这个疑问，当时的驻村第一书记方傲开始了一场关于吃饭的专项调查。

　　每到吃饭时间，方傲就会去留守老人的家里转转，看看他们在吃什么。一次次走下来，他看到留守老人吃饭难、吃不好的问题非常突出，尚能自理的老人还能吃上口热的，比如下个面条、蒸个馒头，行动不便的老人就只能冷馒头就开水。菜是几乎没有的，一年四季从春到冬就是辣子或咸菜，无法保证营养。此外，卫生也是一个大问题。

　　从此，张贺村留守老人的生活问题一直牵动着方傲这位第

中国银行聚焦定点扶贫县民生短板，着力解决"两不愁三保障"突出问题，2019年为永寿县深度贫困村贫困群众建设爱心食堂。图为张贺村贫困群众在爱心食堂用餐

一书记的心，他在心里有了为老人们建一所爱心食堂的构想。建食堂难，运营食堂更难，眼前的困难是场地、厨具等硬件条件，未来还面临着雇用厨师、食品安全等问题。很显然，这可能是个费力不讨好的想法，在资金投入上，也可能是个无底洞，但要他回避这个张贺村最大的民生问题、对老人们的生活现状视而不见，于公于私都做不到。一定要为老人们做点实事，他一遍又一遍这样激励自己。

眼前的困难是场地，村委会本身用房紧张，无法提供多余的房间作为食堂用地。于是，方傲把目光投到了村委会旁的四间废弃房屋，村里曾想把房子推倒，为广场扩容，在他的建议下，这四间房留下了。房子废弃多年，年久失修，所有门窗都没了，房顶漏水，地面坑洼。再加上张贺村路远偏僻，原材料运输和施工成本更高，算下来修缮费用并不低。就在他和村里一筹莫展的时候，行里传来了好消息，中国银行要向"北四县"拨付一批特殊党费支持扶贫工作。他把建爱心食堂的想法向中国银行扶贫工作队做了汇报，获得了王蕾队长的大力支持。就这样，在中国银行的大力支持下，张贺村的食堂用房建了起来。

解决了场地问题，下面就是厨具等硬件问题。为了这些锅碗瓢盆方傲开启了"化缘"之旅。听说是给村里的老人们建爱心食堂，总行公司金融部、陕西省分行、中银商务等单位纷纷伸出援建之手。很快，村里购置齐了压面机、消毒柜、操作台、冰箱等硬件设施，米面油等爱心捐助也纷纷涌入张贺村，爱心食堂已经初具模样。

最后就是运营了，有两个问题要解决：一是厨师人选，这个岗位本身就是就业扶贫，此外人选要心细、干净、手巧，很快村里的一个贫困户同时也是全村公认的"好媳妇"成为不二人选。二是持续运营的经费问题，经过村"两委"讨论，大家同意把村集体从养猪场和光伏发电等产业项目中每年所得的部分分红作为运营经费，支持爱心食堂持续办下去。

经过半年多的筹备，食堂终于开张了，大家为它取了一个好听的名字——中国银行张贺村党建爱心食堂。开张第一天，中国银行扶贫工作队的全体队员为张贺村老人们包了一顿饺子。看着老人们开心的笑容，方傲感到之前的一切付出都是值得的。

第四章 我们的新梦想——第一书记的"苦"与"甜"

"我们的人民热爱生活,期盼有更好的教育、更稳定的工作、更满意的收入、更可靠的社会保障、更高水平的医疗卫生服务、更舒适的居住条件、更优美的环境,期盼着孩子们能成长得更好、工作得更好、生活得更好。人民对美好生活的向往,就是我们的奋斗目标。"习近平总书记的话也是中国银行扶贫工作队一直恪守的信念。在"北四县"奋斗的日日夜夜,扶贫干部坚守原则、不忘初心,为使当地群众过上更美好的生活而不畏挑战,攻坚克难,取得了来之不易的成绩。

大槐树村,就让扶贫干部面对了前所未有的挑战。曾经的大槐树村"出行两脚泥、靠天吃口饭、村中无产业、无事生是非"。这个位于黄土旱塬上的小村落,常年干旱少雨,仅有一条狭窄的入村砂石路,缺乏核心产业,加之缺乏凝聚力的党支部，使村民丧失了发展劲头，更看不到村子发展的希望，224户828人的小村庄，2014年贫困发生率一度达到45.6%。

面对这样的困境，扶贫干部没有退缩。"放开眼界，不等不靠不计较；放开手脚，实干巧干不犹豫"，这是一位来自中国银行的"北京娃"面对"上访群众多、村民矛盾多、干部问题多"的"三多村"提出的精神要求，更象征着这位青年立誓扭转局面，将大槐树村建设为"文明村"的信心与决心。

这位"北京娃"叫王剑峰，他主动请缨加入中国银行扶贫工作队，从北京最繁华的商业圈来到渭北旱塬的小县城——淳化县。淳化县曾因"淳德教化"而扬名，"淳如诗、美如画"，优美的生态环境成为县域发展的新名片。而坐落在县南的大槐树村，是一座红色历史和古代历史并重的村落，老一辈革命家习仲勋、张宗逊指挥的"爷台山自卫反击战"曾在距离村庄不远的山头打响；国家一级文物、世界已知最大青铜圆鼎——淳化大鼎，更是挖掘于村中的窑洞内。下面就讲一讲王剑峰和大槐树村的故事。

一、北京娃的"红色"计划

冬季，渭北旱塬的风

打在人脸上

伴着悠远的陕北民歌

泪水就挂在了，脸蛋蛋上

春天来了，一个"北京娃"走上旱塬

泪水流下时

春风原谅了寒风

泪水也变成了

幸福的泪水

2018年5月9日，新一批的中国银行扶贫工作队队员第一次踏上淳化这片土地，王剑峰担任淳化县大槐树村第一书记。这群北京来的娃初到大槐树村，就被极富乡土风情的村牌所吸引，两根高约3米的钢构，顶上架的半圆钢构赫然写着"决战决胜全面小康"，两根钢构红底白字写有"千方百计引导精准致富路，万众一心打好脱贫攻坚战"，这是口号，更是宣言。

"时代是出卷人，我们是答卷人，人民是阅卷人。"这群扶贫干部带着时代使命而来，定是要手持接力棒，脚踏实地做好扶贫"答卷人"。

要进入大槐树村，就从这个门牌开始经过十多个大大小小的急转弯，狭窄蜿蜒的上塬路两边是松动的山体，一场大雨过后，随时都可能出现泥沙俱下的山体塌方。山坡上树木茂密、葱郁，这蜿蜒的盘山路镶嵌其中，一年年、一代代承载着村中百姓的希望与乡愁。大槐树村由三个自然村合并而成，村委会所在大槐树小组村民人数最多。中国银行扶贫工作队到村时正值5月份，通村道路两旁有农户正在给结果的葡萄套上纸袋，两边绿油油的都是葡萄园，同样也有荒凉的耕地闲置。如何有效整合好村中土地资源，调动群众种植积极性，切实增加收入，王剑峰已经在心中开始谋划……

顺着通村路一直走，就会看到全村的核心——大槐树村村委会，也是村子的党组织阵地，广场坑洼不平、设施老旧，广场的另一边杂草丛生，仅有的一间会议室，每逢雨天都是"屋外下大雨、屋内下小雨"，广场更是泥泞不堪，常常入脚两腿泥。上任的第一天，王剑峰便与村支书商议召开村民大会，他心中已有初步规划，想将自己的一些想法与村民沟通交流、共同谋划村子未来的发展。支书杨新旺直摇头，嘴里嘟囔着："这会开不起，没人来。"在王剑峰的一再坚持下，会议如期召开，只是会议现场与他心中所想大相径庭——村委会一间破旧的砖瓦房里，稀稀疏疏地来了十几个村民。大家的兴致并不高，谈论最多的是："没事开啥会？开会发钱吗？"有人甚至对他戴的金边眼镜都表示出不屑："文质彬彬的北京娃，无非就是走个过场，镀个金罢了。"眼前这一幕，让这位平日里出入金融大厦的小伙，有些不知所措，会议草草收场，留给王剑峰的，除了在眼眶里打转的委屈泪水，还有隐隐的决心："他们的眼神告诉我，大家并不想安于现状，这里需要改变，只是缺少机遇与勇气。我不相信大家会甘愿让自己生活的大槐树村如同枯树般没有生机。"

经历了第一次挫败，王剑峰并没有闲着，而是挨家挨户走访入户，了解群众心声，掌握第一手资料，走好他帮扶工作的第一步。与邻近的两个村子相比，大槐树村最落后。1979年，从这个村子出土的淳化大鼎，是迄今所见的西周早期圆鼎中，体量最大、最重的。然而，大鼎并没有改变村子多年落后的局面，贫困一直笼罩着这个古老的村庄，许多人都选择了出外讨生活，劳动力大量流失，成为村子发展的一大瓶颈。农作物种植是村民的主要收入来源，但因为村里常年缺水少雨，连喝的自来水都是从邻村运过来的，这些年来，大家尝试种麦子、种玉米、种苹果，一遇到干旱，农作物就基本绝收，"很多地都撂荒了，没有人愿意种地"。特殊的地理条件，也制约了村民们的积极性。在深入每户摸底调查之后，王剑峰认准了："必须要把基层党组织，建设成脱贫攻坚的前沿阵地。"

（一）"点亮"红色阵地

"让枯树冒新芽"的第一步，王剑峰决定从党组织阵地改造项目开始。看着党组织阵地一排五间破旧的砖瓦房，贫困落后衰败与北京城的繁华靓丽形成了巨大反差，让他心里沉甸甸的。"要想获得群众的信任，说一千道一万，不如干出个样子给大伙看。"王剑峰决定第一步先从走村入户实地调研，围绕群众关心、急需解决的问题入手。于是，他常常卷起袖子、挽起裤腿东家入西家出帮群众一边干农活，一边聊天，拉近和群众的情感距离，一次两次……慢慢地群众接受了他，有啥事也愿意跟他说。经过近三个月的入户走访，他掌握了大槐树村的实际情况，也慢慢地形成了打开工作局面的想法，和村干部几经商议后提出以"抓党建、促脱贫"为突破口，用带头干事创业凝聚起干部群众脱贫致富信心的帮扶思路。

王剑峰组织"四支队伍"和村民代表共同商议，决定修建村级党组织活动阵地，建好党员群众的"精神家园"，以村级活动场所建设来凝聚各方共识、集聚各方力量，彻底扭转村党组织在村民心中的形象，用实际行动赢得群众认可。他将大槐树村的具体情况向单位领导做了详细汇报，从中国银行筹措资金，又通过爱心捐助、党员干部义务帮工等形式，硬是在三个月内建成了450平方米标准化党组织阵地，实现了"小资金撬动大项目"，在群众中树立起大槐树村党支部能干实事、肯干实事、能干成实事的形象，坚定了群众发展产业、脱贫致富的信心。群众都说："剑峰这娃真是'红萝卜调辣子——吃出么看出'，是个弄事的人，是我们村的'马向阳'！"

2018年8月，当时的大槐树村党组织活动阵地功能单一、条件较差

（二）"压实"红色誓言

"这是村上'四支队伍'与我们全体村民共同研究的17件实事，件件都是我们迫切需要的，第一书记和村干部给俺们立了'军令状'，第一书记说他不干完这些，就不回北京、不回中国银行了。"老支书杨志新在村公示牌前笑着说道。

"17件实事"是村党支部按照"一支队伍、N件实事、扶心扶智、持续向前"的发展思路，每年为村里发展制定的任务书。村党支部坚持亮承诺、抓重点、明责任、强落实，通过广泛征求群众意见，围绕群众关心的重点、难点问题，确定各项实事的时间表、路线图、责任人，确保各项实事全力推进，让村民看见实实在在的变化，更要让村民信赖村党支部和帮扶干部。

2018年以来，王剑峰带领大槐树村党支部坚持以"N件实事"为抓手，以"抓党建促脱贫、产业扶贫、基础设施扶贫、民生和教育扶贫"四大方面为统筹，在2019年和2020年分别确立了为群众办理的17件和15件实事。2021年，乡村振兴的开局之年，王剑峰再次带领全村制定了为群众办理的16件实事。一年又一年，一件又一件，在小小的村落里，我们真实地看到，共产党人正用自己的实际行动，践行着"不忘初心、牢记使命"的誓言。

2018年8月，王剑峰、老杨书记与王蕾讨论着大槐树村的规划——先从党组织活动阵地做起

（三）"迸发"红色活力

王剑峰依托中国银行党建优势，旗帜鲜明地开展"党建共建"活动，以外部力量激发干部的"内生动力"。过去开会叫不来人，现在开会，楼道都站着群众。大家都想听听村里下一步要咋干，还会给村里带来哪些好事。一件件实事的落地，一点一滴的变化，正是以"强化党建"为抓手，发挥党建引领作用，在干事中树立起大槐树村党支部的信心，也给群众吃了一颗发展的定心丸。同时，大槐树村与帮扶单位紧密合作，依托

2018年12月，中国银行援建大槐树村党组织活动阵地项目

中国银行定点帮扶资源，旗帜鲜明地开展"党建共建"活动，创新"一驾两翼一保障"（一家帮扶单位为主体、两家基层单位为辅助、一家具备农业科技资源单位提供技术保障）党建帮扶方式，构建起"组织联建、党员联管、资源联动、事务联商"的四联工作机制，推动13家单位与大槐树村建立党建共建关系，助推大槐树村在党员干部培养、消费扶贫、产业扶贫、民生扶贫等方面持续发力。

二、小康路上一个都不能掉队

第一次踏入陕北乡村的黄土地；

第一次与布满老茧和泥垢的双手相握；

第一次与许多身着旧"迷彩服"的村民相视而笑；

第一次看到没有玻璃的村民住房；

第一次看到全家最先进的电器是90年代的"大脑袋"电视；

第一次看到一家三口全部丧失劳动能力的农村家庭；

第一次感受到什么是"家徒四壁"的绝望。

……

西单与大槐树村相距1128公里，

一个月前，

当我还在地铁上抱怨拥挤时；

当我拎着星巴克和甜点在西单奔跑，抱怨打卡时间时；

当我加班结束坐在总行办公桌前，抱怨打不到车时；

当我跟三五好友聚在餐桌前，抱怨生活不如意时，贫困，就真实地发生在这片土地。

热泪盈眶后，不能让自己只知道悲伤，

而是，要反思，用什么样的方式与方法、努力和决心，

去改变这个终身结缘的村子和乡亲！

小康路上一个都不能掉队。这既是时代的呼唤，也是人民的期盼。脱贫攻坚的出发点和落脚点，是为了让亿万农民生活得更加美好。王剑峰从看得见、摸得着的事情抓起，从最缺乏保障的群体抓起，改善好每一位农民的生活环境，解决好每一位农民的温饱问题，让乡村成为充满魅力和希望的一方水土。

（一）改造"一间风吹不进的房"

在大槐树村村委会对面不远处，飘摇着一间破败不堪的小屋，在这座普通得有些寒酸的农村小院里，住着特殊的一家三口。院子的主人名叫方显亮，今年62岁；女主人王根玲，61岁；还有方显亮的老母亲，今年85岁。家中有13亩土地，以小麦、玉米和新种植的花椒树为主。当王剑峰第一次踏进这个小院，身临其境地感受到这家人的苦难，他内心五味杂陈。

方大叔自小患有小儿麻痹，双腿变形，行动不便。但祸不单行，方大叔在45岁到55岁的这10年间，分别因为雨天路滑和冬季在结冰的井边打水，两次摔断腿骨，至今钢板还镶嵌在股骨中，出行和下地干活都要靠一根简易的拐杖出行。而方大叔的老伴儿，儿时因为高烧不退，又耽误了治疗，造成了脑损伤，智商明显低于常人。就是这样的一家三口，依靠着自己的双手，在仅有的十几亩黄土地上，努力维系着一份有尊严的生活。

除了维持基本的温饱以外，方大叔的家"极简"到了极点，家里最像样的电器就是一台黑色的大头电视。当王剑峰问方大叔"感觉现在日子怎么样"时，大叔很高兴地说："现在好多了，我和你婶子都办了残疾证，国家每月都固定给我们补助，日子好起来了！"听到这些话，王剑峰的内心再次陷入另一种沉重。方大叔是个知足的人，如果现在的日子算好起来了，那么以前的日子是什么样呢？

方大叔家窗户上根本没有玻璃，仅靠几张塑料布来遮风挡雨。曾经有好心人给方大叔买过一些玻璃，但由于家里的窗户只有窗框，没有窗扇，安上玻璃冬天还好，但是夏天不透气，房子就没法住人了，方大叔一个人也没法爬上爬下地安装。于是，方大叔就用一块塑料布遮住窗框，天冷了，方大叔会把塑料布封严，抵挡风寒；天热了，就会把塑料布揭开，保持通风。方大叔用自己力所能及的方式，撑着这个家，抚养儿女、赡养老人。

在这个风雨飘摇的家中，唯一的希望就是方大叔的儿子小方。这样的家境、这样身体条件的父母、这样偏僻落后的小山村，并没阻止小方改变命运的脚步。小方通过自己的努力，考取了陕西省内的一所本科院校，并在毕业时考取了咸阳当地的教师岗位，现在在邻县的一个镇上当历史老师。其实小方在本科毕业后，考取了兰州大学历史系的研究生，

2018年11月，中国银行向大槐树村贫困户方显亮家捐助修缮门窗等项目，使方家生活条件发生了巨大的变化，切实增强了贫困群众的获得感

但因为家境的原因，小方最后无奈地选择了更为现实的方案。小方很努力也很有信心，用自己的努力改变家庭命运，但现在他还是有些力不从心，小方结婚不久，刚刚有了自己的小宝宝。妻子的家境也很一般，双方老人也都无法帮助带小孩，小方的妻子只能全职在家带孩子，这个小家的全部开销，都靠着小方一个月3000多元的工资维持着，至今小两口还在当地租房居住。每个人都将经历年轻时期"爬坡"阶段，特别是这样原本就千疮百孔的家庭，如果小方负责承担更换门窗的费用，那就意味着他那个小家要断两个月的口粮，妻儿的生活就无法保障。

为此，王剑峰在"大槐树村扶贫记"的公众号中发出《我想有一间不透风的房》，并联系到爱心人士捐赠善款。不久，便为方大叔家换上了新门窗、新家具、新床品，厨房也进行了大改造，新家宽敞明亮了许多。当方大叔踏进改造后的新家时，激动得落下了眼泪："感谢王书记，你是我们全家的恩人，没想到我这辈子还能住进这样干净的房子，我知足了！"

普通人习以为常的生活却是这个家庭梦寐以求的奢望。当我们再次经过这间小屋，旁边的杏树发了新芽，那天的阳光很好，方大叔笑得很灿烂。昨天的梦想已变为今天的现实，那今天的希望定会成为明日的辉煌，王剑峰给这个小家带来了希望、为大槐树村带来一抹希望的绿色。

（二）守望"英雄般的奶奶"

2018年8月29日，在名为"大槐树村扶贫记"的公众号中，出现一篇名为《聚小流、汇大爱——大槐树"英雄"奶奶》的文章，讲述了在中国最普通的乡村，看到的最平实的感动：村中赵玉琴老人的侄子和侄媳因感情原因结束了婚姻，侄媳远走他乡，侄子因精神受到刺激，长期一人在外生活，丧失了对子女基本的抚养能力，老人将当时年仅4岁的小菲和2岁的小鹏从邻村接回家抚养，这一养，就是16年。

16年的时光，这个漫长的"转瞬"，当年嗷嗷待哺的娃娃已经出落成大人模样，可这些岁月饱含着赵奶奶多少生活的不易与辛酸，老人至今还保持着捡麦穗、捡废品的习惯。眼看着小菲大学毕业即将找工作、小鹏面临高考这个决定人生命运的时机，老人世代生活在这个小村落，面对社会的未知与家庭经济的压力，对于两个孩子的未来充满担忧，却又束手无策。

王剑峰在得知老人的困境后，发起了针对个体困难的帮扶行动，募集善款14057.54元，用于小鹏高三期间的伙食费、体育训练费和赵奶奶的专项助老帮扶，为小鹏的梦想插上翅膀，让他在自己的人生跑道上可以轻装上阵。小菲已经通过国家助学贷款、贫困生补助等多种渠道完成自己的学业，毕业后，她希望能在西安、咸阳附近找到一份稳定的工作，这样可以离姑婆更近一些，好照顾家里。王剑峰在得知这个小小心愿后，帮忙争取中银商务西安分公司的面试机会，最终小菲凭借自己的能力被公司录用，摆在这个贫困家庭面前的两大困境得以解决。

王剑峰在文中写道："孩子，我们能够助你'一臂之力'，但最终你要靠你自己'展翅翱翔'。如果你要感谢，就在每一节认真学习的课堂、在每一次全力以赴的训练后，感谢为生活拼尽全力的自己。"赵奶奶在接受捐赠后，说出一句平凡而富有哲理的话："娃好了，家就好了！"孩子是家庭的希望，特别是这样特殊的家庭，每一步都走得比别人艰辛，孩子的问题解决好了，这个老弱的家才能有希望，赵奶奶才能得以安享晚年。王剑峰的一篇帮扶文章，照亮了两个孩子的前程，点亮了贫困老人的"心灯"。

（三）关爱"风烛残年的他们"

早在2018年12月，王剑峰在"大槐树村扶贫记"的公众号中就发表了关于帮扶"五保户"的爱心文章，文中深切地关注到这个特殊群体的"困"与"难"。这是一群既有保障、也无保障的群体。

有保障是因为他们享受着"五保户"政策、有政府的托底保障；无保障是因为他们孤身一人、无儿无女、无劳动能力、无固定收入。

王剑峰的目标是逐步为他们寻找帮扶对象、帮扶方式，通过持续不断的努力，最终让这个特殊的贫困群体，在生活质量上不断提升。

村中共有6名"五保户"，但最让王剑峰牵挂和担忧的是村里的一位"外人"余芳远和患有精神疾病的张亮亮。余大叔，20多年前从外地流浪到大槐树村，从此在大槐树村开始了给村民当短工的生活，帮着村里人除草、收庄稼，或者外出打零工。村里的一些好心村民会定期给余大叔一些麦子等粮食。由于余大叔是外来人，所以从未被村里人真正接受过。两年前，在镇上领导的干预下，余大叔将户口落在了大槐树村，算是真正有了"身份"。但在土地问题上，依然没有得到解决，这个问题也很容易理解。土地是村民赖以生存的资源，就像城里人不会轻易把"工资卡"交给外人。余大叔和张亮亮其实都可以入住县上的敬老院，但在探望他们的时候，当王剑峰问他们明年去敬老院好不好，余大叔却坚决地否定了，理由很简单：那里不自由，也没有熟悉的人。这句话包含了大多农村孤寡老人的想法，即使是不被村里接受的"外人"，也不愿离开"故土"。这也是王剑峰关心的农村养老的一项挑战，硬件服务跟上了，但是软件服务，或许远未达到一个农村老人的心

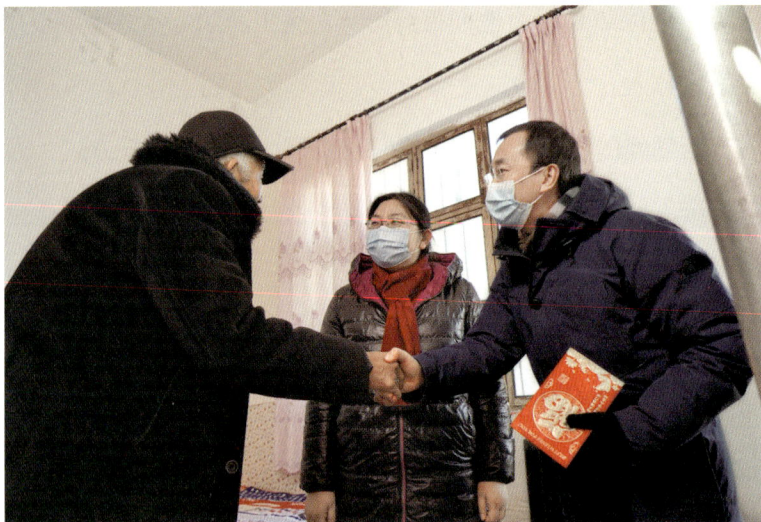
中国银行扶贫干部探望"五保户"

理需要。这个工程任重道远，但他目前能做的是为老人们募得善款，购置过冬的棉衣、棉鞋、棉被和取暖的清洁煤，好让他们度过一个温暖的冬天。到村工作三年，王剑峰已经坚持每年为这群特殊群体送去温暖。当他探望老人许文成时，得知他送来的棉衣、棉被老人一直都舍不得穿用，王剑峰便俯身凑到老人身边，大声告诉他："给你的棉衣就穿上啊，别舍不得，明年还给你送。"老人蜷缩的身体舒展开，嘴里不住地答应："啊、啊，好！好！"使村里老人老有所依、老有所养任重道远，让他们晚年吃得好、穿得暖是王剑峰的一份心意，只为这些特殊群体在晚年能活得有尊严。

三、挥洒汗水描绘美丽旱塬

春天里

春风拨动着谁的眼眸

一行行

一串串

的泪珠珠

砸进黄土地

多么希望

每一滴泪

都是一眼泉

咕嘟嘟、咕嘟嘟

湿润着，旱塬黄土

"时刻从群众出发，路就不会走错！"这是王剑峰写在自述《我与大槐树村的730个日夜》中的话。自从将足迹留在了大槐树村的土地上，他的心中就多了一份牵挂。怎样让村子优质的农产品销售出去？怎样让渭北旱塬上的庄稼地有水灌溉？怎样让发展信心不足的老百姓鼓起干劲？这些牵挂，成为王剑峰驻村工作的动力，他希望通过与村民们的共同努力，能够让大槐树吸收营养，枝繁叶茂。接下来的每一步都是一件需要力排万难的大事，但他走得踏实稳健，因为他一直告诉自己，驻村的日子他要努力奋斗，要"对得起"：对得起青春的时光，对得起家庭的付出，对得起那么多好心人的支持，更要对得起信任他的全村百姓！

（一）引水上塬——告别靠天吃饭

年近七旬的村民张景荣说："大槐树村位于渭北的旱腰带上，农业基础环境差，大家都是'看天吃饭'。村里常年缺水少雨，一遇干旱庄稼就基本绝收，很多地都撂荒了，没有人愿意种地。这是困扰大槐树世世代代的难题，这个细皮嫩肉的'北京娃'能办成？我就不信。"

群众质疑的声音里透着些许期盼。为了彻底解决农业灌溉问题，王剑峰与村"两委"积极申报"引水上塬"灌溉项目。但是，从沟底到塬上，近300米的落差，70度的陡坡，要把水引到塬上来，难度得多大？大家想都不敢想。跑项目、拉资金，只要王剑峰认准的事情，他从不畏难和放弃。终于，在淳化县委、县政府的支持下，大槐树村成功实施了总投资180万元、总输送里程6000米的引水上塬工程，实现了800亩优质农田全覆盖，结束了困扰世代村民们"看天吃饭"的日子。

2020年，中国银行进一步捐资90万元，完善供水管道5900米，使大槐树村耕地灌溉面积又增加了1000亩。看着这个踏实肯干，并且是干实事的"北京娃"，村民张景荣由衷地佩服，"我要给小王书记一个大大的赞，这个事办得好，办的是造福千秋的大事"。

（二）点亮村庄——照亮老百姓的心

王剑峰结束一天的入户走访，拿着手电筒路过正在关楼门的村民周月琴家，便打趣道："大姐，这就关家门休息了？晚上也不串个门啥的？""串啥门呀！冬天一到五六点，黑得啥都看不见，妇女和碎娃就不敢出门。"随口的聊天话语，王剑峰记在了心里。随后，他向中国银行总行申请了110盏太阳能路灯，覆盖了全村三个村民小组，让每家每户家门口都亮堂起来，改变了乡村夜间无户外照明的困境，打造出更适于村民居住的宜居环境。当路灯亮起的夜晚，村民郝世亭在全村微信群里说："路灯照亮的不是路，而是我们老百姓的心哪。"悠悠赤子心让一片"中国银行红"亮起在渭北的贫困小山村，为一位位奔波在外的打工人和辛勤劳作的夜归人照亮回家的路。

（三）夯实基础——绘就美丽旱塬

王剑峰在村的三年期间，不断地争资金、跑项目，先后

中国银行援建引水上塬工程施工现场

为全村引资140万元，累计硬化村组道路5.1公里；引资120
万元，修建4公里的排水渠，彻底解决了村中的出行难题；
争取中国银行无偿援建资金76.5万元，完成"村容村貌综合
治理"项目，1200平方米村民文化广场、标准化的村级卫生
室、幸福院、水厕。一件件在村中落成，基础设施的顺利落
地，不仅仅是投钱投物，更为重要的是群众参与。水利管网
的设计、道路的修建规划、排水渠的走势设计、文化广场的
活动项目，每一项都是村党支部带头，村民大会研究表决，
每一项关于百姓利益的项目，都由村民自己决定。"脱贫攻

坚的主体一定是群众，群众有了参与感与获得感，村子就有了发展的内生动力，生活才会变得多姿多彩。"这是他时常挂在嘴边的话。美丽乡村建设的实施主体是广大农民，只有实现美丽生态、美丽经济、美丽生活的"三美融合"，才能让广大农民养成美的德行、得到美的享受、过上美的生活，绘就多姿多彩的美丽乡村和气象万千的美丽中国。

四、"三产"融合发展谋划群众未来

每个人心里一亩 一亩田

每个人心里一个 一个梦

一颗啊一颗种子

用它来种什么

种桃种李种春风

斟满一杯春天的美酒

一仰入喉，泪水两行

已入深秋

再仰入喉，泪水滑落

春华秋实

王剑峰谋划大槐树村发展的每一步都脉络清晰，他带领"四支队伍"成员与群众一道商议2019年为民办理的"17件实事"、2020年制定为民办理的"15件实事"，制定好时间表、路线图，件件实事落实到具体的责任人。留给他驻村的时间有限，他要抢抓每一天，多为群众做些事儿。2021年3月，他离开大槐树村的日子渐近，仍不忘与村民一起谋划"三产"融合发展的未来，他希望他虽离开大槐树，但规划还在、蓝图还在、队伍还在……

（一）"农业"——守住群众的"根"与"魂"

水一上塬，大槐树村农业发展随之"水到渠成"，村民们的干劲儿也更足了。"这个工程圆了村上几代人的心愿。我和9户村民联合建了18栋日光温室大棚，有了水咱就敢做产业了。"村民杨宝激动地说。目前，18栋日光温室大棚全面种植普罗旺斯西红柿和圣女果，初上市时，每斤批发价4元，村民们看着自己的产业有了收入，心里都乐开了花。

发展产业是实现贫困人口稳定增收的长久之策，王剑峰引导群众扩大农作物种植面积，全村累计发展产业园2座、日光温室大棚18栋、拱形大棚80个、花椒510亩、樱桃340亩、葡萄435亩、油桃200亩，初步形成了产业规模。大家脱贫致富的信心更盛了，干劲更足了，已经从被动帮扶转变为主动脱贫。

为了减少农户春季小麦受灾，让贫困户收入多元化，增强抵御风险能力，王剑峰联系中国银行陕西省分行开发手机App"认养两分田、扶贫一家人"项目，只要打开手机App，在线认领一块地，就可以收获自己喜欢吃的农产品。这种新型农业认养模式就是把农民的一亩地分成5份，每两分地是一块田，挂在手机App上销售。这种模式把"开心农场"游戏变成现实，让城里人有机会当"农场主"，也解决了农业供给端与市场需求端有效对接的问题。短短一个月，村上就有64亩地被认养，2020年更是一次性推动3000棵油桃树被认养。全村有61户贫困户参与到土地认养项目中，每亩土地可获得保底收益500元。哪家种得好了，电商还会以略高于市场价格收购，村民周月琴可开心了，说："这个方式好，以前是愁卖不出去不敢种，现在先卖地，不愁卖不出去了，种好了还能卖得更多，我得好好种地。"王剑峰先打通了农产品的销售渠道，让群众没了后顾之忧，用分级销售的概念引导村民提高农作物品质，提高了土地附加值。

说起村民周月琴，还有故事要分享。周月琴是史家塬小组村民，平时跟老伴在家务农，并照顾着小孙子。村里没有电商时，周月琴只能种地维持家庭开销，村里大力发展电商，周月琴就成了电商从业人员。她每天在家门口就能有

大槐树村樱桃园喜获丰收

100元的务工收入，又积极参与到土地认养项目中，家里的收入更加多元化，时常见人就说："王书记是真的好，为咱村民办了多少实事！"一个朴实的农家妇女，并没有多少华丽的词语去表述王剑峰的工作业绩，一个"好"字，就是对王剑峰工作成绩最大最朴实无华的认可。村民表达朴素的情谊自然也有自己的方式，周月琴亲手为王剑峰绣制一双鞋垫留作纪念，一针一线饱含对王剑峰的认可与感恩。古时有"游子身上衣""临行密密缝"，穿针引线间流淌的是大槐树村的脱贫故事，绣制的是大槐树百姓对王剑峰深厚的情谊，连同这一片沃土上的勃勃生机一起绣进时光里。王剑峰拿到这样一份饱含深情的礼物，不禁眼角湿润："这是值得我一生珍藏的礼物！"

（二）"工业"——提升群众的"胆"与"气"

解决了村中用水灌溉问题，创新农业种植模式，调动起了农民种植的积极性，村子农业发展局面得以稳定，但真正要提高农民的收入，还得靠第二产业的加入。王剑峰早在2019年初来大槐树村时就开始谋划，多次前往河南、渭南等地调研面粉加工与花椒烘干项目，终于在2020年成功引进大槐树村首家瓜子加工厂——咸阳爱客食品有限公司在村建设扶贫车间。在王剑峰的谋划中，瓜子厂的成功引进只是二产发展的第一步，未来还会有面粉厂、花椒烘干厂等多家工厂入驻。让二产在大槐树村遍地开花，这样大槐树村所产的初级农产品可以进行深加工，进一步提高它的附加值，村民也可以成功地从职业农民转型为产业工人，每个月领取固定工资，家庭收入和生活品质也会得到提升。如今，品令瓜子厂已经顺利投产，在村中第一产业温室大棚和电商发货高峰期，村中还会出现用工荒的现象。

村民樊保利就是从职业农民转型为产业工人的典型。樊保利由于缺技术被识别为建档立卡贫困户，家中只有两亩薄田，上有年迈的老母亲需要赡养，下有上学的孩子需要照顾，种地的收入远远不够家庭开支。王剑峰见此状况，让他在电商成立初期便开始做些打扫、封箱、发货的工作，每天按小时记工，最多时每天可收入150元。经过一段时间的锻炼，现在樊保利已经习惯了工厂化的上班生活，品令瓜子厂建成投产后，樊保利便去瓜子厂担任库管的工作。现在看到他的身影，王剑峰还打趣道："怎么样啊？老樊，工厂的生活还习惯吧？"朴实的庄稼人便会露出一排"东倒西歪"的牙齿笑着说道："现在的日子太美了，比种地轻松多了，风吹不着、雨淋不着，挣得还多。"说完还总不忘"嘿嘿"笑两声。村中像樊保利这样受益的群众有很多，农忙时节不会耽误农活，闲暇时间便能在村里务工增加收入，既能照顾家庭，又有钱赚，他们已经非常满足了。

传统农产品保质期短，且极易受市场因素影响，加上农民对市场缺乏判断，抗风险能力相对较弱。只有做大做强农产品加工，才能尽可能延长产品保质期，推动产业适度规模化发展，提高产品"身价"，提升群众的"胆"与"气"。

王剑峰认为，扶贫干部要找到自身的优势所在，注重利用当地资源优势、技术优势和地域优势，以市场需求为出发点，进行农产品加工，不断满足社会对农产品及其加工品的数量和多样化、多层次、优质化、方便化、安全化、营养化等需求。因地制宜地发挥本地在资源、经济、市场和技术等方面的区域

2020年6月，建设中的大槐树村集体电商分拣中心及品令食品厂

优势，坚持有所为，有所不为，提倡科学规划，合理布局，积极发展有明显优势的农产品加工业，逐步形成各具特色的农产品加工业的区域性布局。

（三）"服务业"——拓宽群众的"视"与"势"

2019年5月15日，大槐树村集体电商成立，注册"大槐树村"农产品品牌，第一天为村民销售樱桃15箱。由于没有

137

2021年1月，中国银行援建的陕西省咸阳市淳化县大槐树村扶贫工厂建成开工，为接续推进乡村振兴注入新活力。图为新建成的大槐树村电商分拣中心和瓜子加工厂

电商运营经验，宣传和推广没有做到位，王剑峰采取了"杀熟"的方式，动员身边的亲朋好友购买大槐树村的樱桃，从"杀熟"中慢慢蹚出一条道儿，销量大增，单日发货400余箱。这可高兴坏了樱桃种植户郝世民，足不出户就可以把樱桃销售出去，而且卖得比市场价还高。

所有故事的开局总是极尽美好，但走向却造化弄人。由于缺乏水果运输经验，小店开业7天便停业整顿，发表了告全体顾客的歉意书。王剑峰在歉意书中写道："我们深切知道，一切以'占便宜'为出发点的生意终将不可持续，大槐树电商不是'一锤子'买卖，大槐树品牌不是'杂牌子'，在脱贫攻坚期结束后，大槐树村要实现可持续发展的产业。"短短数语，展示了他的决心与信心，他在谋划长足的发展。接下来的数天，王剑峰带领电商团队成员奔走于周边电商企业，请教管理与运营经验，制定了详细的发货流程与售后服务标准，用严格的标准与完善的售后服务赢得客户好评。

2019年6月3日，大槐树村迈出农产品向电商产品转化的第一步，第一批印有大槐树村logo的电商产品到村，首批300箱产品分装完成并发货。随后首批油桃树认养、土地认养相继上线、帮助兄弟乡镇销售苹果再创48小时发货3万件的纪录……一个稚嫩的电商团队在王剑峰的带领下正在悄然成长。

2020年2月，"新冠肺炎"疫情突袭，全国上下打响疫情防控阻击战。疫情形势严峻，咸阳"北四县"遭遇新的难题。由于疫情影响，交通运输不畅，各地道路实行全线封闭，线上、线下销售渠道全面受阻。果农存放在冷库中的大批苹果断了销路，"北四县"地方政府向中国银行发出了求助函。身在北京的王剑峰接到"助力抗'疫'、'苹'安迎春"中国银行助力"北四县"消费扶贫活动后,迅速召开语音会议,要求电商团队成员即刻前往"北四县"调研苹果积压情况。多少个凌晨三四点钟,身处北京的王剑峰总会守在电话那头随时听取汇报,部署下一步工作。从确定货源、设计制作包装箱、宣传彩页、不干胶、快递运输、确定品控、装货工人等每个环节,王剑峰总要不厌其烦地一再确认,就连感谢信他都要字字斟酌、句句把关。

2019年5月,援建淳化县大槐树村"电商快递"服务站项目

在王剑峰的严格要求下，中国银行消费扶贫活动累计购买咸阳"北四县"苹果17万件，助力"北四县"果农销售苹果172万斤，带动当地贫困群众务工5000余人次，销售额1100余万元，为大槐树村集体电商增收100余万元，重塑了"北四县"电商发货标准，创造了农村电商水果生鲜零差评的销售纪录，让大槐树村品牌真正信得过、立得住，成功完成"造血"的第一步。

2020年6月，王剑峰再寻发展新渠道，对接咸阳市大西安（咸阳）文体功能区，参加"共享集市"助力脱贫攻坚。他带领大槐树村村集体电商与主办方协作，主推淳化县、旬邑县、永寿县和长武县"北四县"农副产品。展会上，大槐树村带领村集体电商"合伙村"淳化县铁王村、寨子村、长武县马成寺村、旬邑县下皇楼村共同参展，参展产品涉及瓜果、蔬菜、米面、粮油、荞麦挂面、食用菌、坚果零食、山货副食、手工艺制品等30余类产品。王剑峰在现场还与网红主播为村子所产陕西高原旱地油桃、大槐树村大拉皮、水晶粉丝等产品直播带货，累计销售额2.6万余元，在短短两天时间内为村集体增收5000余元。借助"共享集市"全新概念，大槐树村扩大"大槐树村"品牌的知名度，多渠道打通"枝头"到"餐桌"的直通车。

五、为实现梦想积聚力量

站在他乡望故乡

他们的眼中噙满泪水

站在故乡望他乡

她们的眼中噙满泪水

一头叫闯荡

一头叫守望

一头是思乡

一头是思念

美好的故乡

终归不会是

遥遥相望

每个人的内心，都有一幅关于远方的美景，再贫瘠的土壤，也可以容纳一颗梦想的种子，只要肯用勤劳灌溉，经过自己的双手和智慧努力奋斗，我们每个人都会有实现自己梦想的机会。

中国银行积极探索电商扶贫新路子，打通农产品销售"最后一公里"。图为网购的大槐树牌农产品装车运往全国各地

（一）"圆梦"图书馆——筑起"村里娃"的梦想

王剑峰深刻地意识到，想要拔掉穷根，教育扶贫是关键。大槐树村位于渭北高原沟壑区南缘，地貌以塬墚沟壑为主，一条条沟壑阻挡了乡亲们的视野，也阻隔着孩子们看世界的目光。

王剑峰明白他无法给孩子们亲人般的呵护与陪伴，也无法去承担他们的教育责任，但是他一定要做些什么去为孩子们打开一扇窗、为他们的梦想助力。为弥补阅读资源匮乏的现状，王剑峰积极申报中国银行帮扶项目，为大槐树村适龄儿童和青少年援建"圆梦"乡村图书馆，用自己的第一书记经费为孩子们购置了书桌、书架等。"这里的家具都是王书记从网上选购的，他和我们几个人用了好几天才装配好，就是为了给村上省3万元钱。真是没见过这么'抠'的城里娃，每一分钱都想着怎么发挥最大的作用。"支书杨新旺说。有了场地，还缺书籍，在多方协调与帮助下，王剑峰成功为孩子们募集到1600余册图书和价值20000多元的家具和投影仪等相关设备。

把大槐树村"圆梦"乡村图书馆布置成一个漂亮的场所，将图书摆上书架只是第一步，王剑峰还积极协调各种教育资源。他邀请到中央美院老师来村为孩子们上一节"灯绘课"，小小一盏灯，画上了孩子们的梦想，点亮了他们的未来；邀请奥运冠军邢傲伟叔叔来村为孩子们讲授一堂生动的励志课。王剑峰告诉孩子们，"你们要自信，你们要勇敢大胆地去闯荡出自己的一片天地"。他还积极对接各类高校暑期下乡的资源，让西安交通大学、西北大学的大学生来村教孩子们学习绘画、弹琴……孩子们小小的画笔间已经勾勒出未来的样子。看着孩子们从三年前的胆怯、自卑、孤独，到如今的勇敢、自信、乐观、开朗，王剑峰笑了："这也许就是我们每天努力一点的意义所在。"

（二）"三八"妇女节——撑起村里的半边天

每到"三八"国际妇女节，"女王节""女神节"等总会成为网络上最热门的字眼，但现实中的大槐树村，"女王们"每天的日常生活就是洗衣做饭、照顾老人孩子，还要下地干农活。她们的脸被渭北干燥的西北风吹得很粗糙，像没有釉的陶器，有的嘴唇已经干裂起皮；一双手如泥土般的黄、粗糙，布满老茧，有的手背上干裂暴起青筋，看到我们总会时不时不好意思地缩回双手，但就是这样一双手，从未停歇过。

是谁定义妇女就是洗衣做饭的？我们似乎已经忘记了，她们曾经也是年轻貌美的姑娘，她们曾经也有梦想，但她们选择在这片土地上安家，就把青春和美丽奉献给了自己的家庭和这个小村落。在"环境卫生百日治理"活动中，她们积极响应整治房前屋后环境卫生，建设美丽乡村；在脱贫攻坚的"主战场"，也有她们无惧艰辛的足迹，她们依靠自身双手勤劳致富、努力脱贫的拼搏劲头让人感动。

王剑峰已经连续多年举办"大槐树村'三八'妇女节"茶话会活动。在家里，妇女们整日忙碌于琐碎家务和繁忙的农活，在这个自己的节日里，王剑峰要让她们做回家的主人，相

2019年中国银行软件中心援建大槐树村"圆梦"乡村图书馆,捐赠图书,为留守儿童创造良好的读书学习环境

聚在一起,好好为自己过个节。2021年的"三八"妇女节,当锣鼓声响起在大槐树村文化广场,全村妇女们如约相聚,扭起了秧歌、跳起了广场舞,锣鼓喧天,热热闹闹跳一场,跳出乡亲们的热情、跳出农村新气象。当天恰逢村委会副主任王惠玲生日,王剑峰悄悄自己出钱购买了生日蛋糕,当蛋糕送上来的那一刻,王剑峰与全村妇女一同送上"生日快乐歌"。此时的王惠玲已泪流满面,激动得说不出话,哽咽着:"谢谢王书

记，王书记有心了，这个生日太难忘了!"自己的家人或许都忘记了自己的生日，但这样一位来自北京的城里娃却给了她不一样的感动。王剑峰能在宏观上为村子的未来谋划产业发展方向，也能关注到每个个体的精神需求，也许他早已把大槐树村当作自己的家乡，大槐树的人就是他的家人。当王剑峰拿起话筒说道："这也许是我跟大家度过的最后一个'三八'妇女节，我的任期即将结束，不久便离开大槐树村，但这里永远是我的故乡，如果将来有机会来陕西出差，我是会专程回大槐树村来的。"说话间，乡亲们默不作声，眼眶湿润，她们也早已将王剑峰当作亲人，此刻的告别，心里翻江倒海、不是滋味。王剑峰曾在谈话中无意说道，他离开的那一刻定要悄悄地走，干事创业中天不怕地不怕的王剑峰可能会怕与乡亲们离别的场面吧。但恰恰事与愿违，村民任晓宁忍不住悄悄地问包村干部："王书记什么时候走? 可一定要告诉我们呀!""等我们的通知，那你们都会来吗?""来呀，一定会来的，有天大的事那天也都会来的，我们都会来的。"她一再保证的话语间，满是不舍与感恩。多少年，她们没有过像样的节日，是王剑峰的到来，给平凡枯燥的农家生活增添了仪式感。妇女节当天，王剑峰还打趣着在村民微信群中提醒"老公们"为女主人做一顿晚餐、打盆洗脚水，虽是玩笑话，但妇女们内心却无比温暖。

2020年6月，淳化中银富登村镇银行党支部组织党员看望大槐树村留守儿童，与留守儿童、大槐树村党支部共同举办了欢度"六一"儿童节活动，并给大槐树村的孩子们发放爱心学习大礼包

（三）"凝聚"精气神——鼓起全村的士气

扶贫不能等靠要，脱贫主体一定是农民群众，一定要让群众参与进来，"靠天靠地，不如靠自己"——这是王剑峰始终跟全村强调的观点。

在扶心扶志工作中，王剑峰与全村共同努力，探索出"项目带动、锤炼干部、留下队伍；群众参与、统一思想、凝聚人心；立足长远、谋划产业、打造机制"的"第一书记扶心扶志工作模式"。实现了大槐树村干部队伍带头示范、群众信心逐步提升、产业项目扎实推进的发展局面。目前，在基础设施改善、产业发展起步的基础上，通过"大槐树村卫生环境攻坚行动""村民广场舞队""村民发展大会""村民问题矛盾座谈会""'三八'妇女节茶话会""儿童读书会""退伍军人座谈会"等多样化的活动，凝聚起群众发展的精气神，汇聚起"放开眼界，不等不靠不计较；放开手脚，实干巧干不犹豫"的大槐树精神。

2020年开始，在王剑峰提议下，大槐树村经济合作社股民共同商议决定，每年在村集体自留的利润中，抽取一定比例，成立"乡村振兴帮扶金"，开展"一评三治"（道德评议，德治、法治、自治），奖励先进，激励后进，让大槐树村焕发出更加积极向上的精神风貌，推动大槐树村向乡村振兴迈进。

只争朝夕，不负韶华。王剑峰肩负一个时代的使命来到渭北旱塬的一个深度贫困小山村，用自己的热血与激情，践行着铮铮誓言，成功地将一个问题"三多村"，一举建设成为乡风"文明村"，如期实现整村脱贫出列。他是乡村治理的工程师，在脱贫攻坚的战场上打了一场完美的翻身仗。三年驻村时光，他不辱使命，认真落实脱贫攻坚工作的各项部署，巩固好脱贫成果，在离开的前夕，还在谋划未来的蓝图，努力衔接乡村振

2019 年 3 月，中国银行扶贫工作队在大槐树村新的党组织活动阵地
洽谈招商

兴。大槐树村将持续按照"一支队伍、N 件实事、扶心扶智、持续向前"的发展思路，咬定"N 件实事"不放松，不断增强村中百姓的获得感，用"不等不靠不计较、实干巧干不犹豫"的大槐树村精神进一步凝聚士气，开启乡村振兴的新局面。

就是这样一个农业基础设施差、产业发展落后、村风民风彪悍的小村庄，王剑峰以及其他队友用热血与汗水在这块土地上绘出了骄人的画卷。他们与这个小村落共同用 1090 个日夜在心底种下一棵小树，用爱与真诚浇灌，用责任与使命护佑，最终结出丰硕的果实。

第五章　我们的新生活——从北京到马成寺

习近平总书记指出："精准扶贫，关键的关键是要把扶贫对象摸清搞准，把家底盘清，这是前提。心中有数才能工作有方。如果连谁是贫困人口都不知道，扶贫行动从何处发力呢？搞准扶贫对象，一定要进村入户，深入调查研究。"而驻村第一书记崔海涛真正做到了对当地贫困情况心中有数、一目了然，并提出了行之有效的扶贫办法，以踏实细致、吃苦耐劳的作风，做出了实实在在的成绩。

走进长武县巨家镇马成寺村，一排排整齐的大棚矗立在山坳间，弥漫着一股浓浓的菌香。走进大棚，一朵朵小圆球状的盖菇破土而出，长势良好。来自马成寺村周边的村民正忙着抢抓时节采收大球盖菇，现场一派欣欣向荣的景象。但是，在2018年，马成寺村可没有这种景象，那时候的马成寺村是咸阳市三个深度贫困村之一。那么为什么马成寺村会发生这样翻天覆地的变化呢?

在2018年12月,中国银行选派干部到咸阳开展定点扶贫工作,崔海涛把自己的名字报了上去,他放弃了北京良好的工作和生活条件,独自一人来到乡村,一个陌生的地方,开展扶贫工作。圣诞节当天,他告别了爱人和父母,独自驱车1300多公里,来到了这个又偏僻又贫困的地方——马成寺村。马成寺村历史悠久,可以追溯到南北朝时期。然而历史的厚重并没有一直润泽这片土地,马成寺村因地处沟坡河滩地区,基础设施落后,产业发展薄弱,2017年被定为咸阳市三个深度贫困村之一。

这是一个深度贫困村,其脱贫攻坚难度可想而知。但作为中国银行扶贫工作队的一员,崔海涛从不畏惧困难,用自己的实际行动为农村脱贫攻坚、建设美丽乡村贡献着自己的一分力量。报到当天,他来不及整理行李,来不及吃点东西,就匆匆忙忙与大家一起,入户了解情况,落实惠民政策。不断地走村串户,详细了解脱贫攻坚各项程序,学深悟透脱贫攻坚各项政策,以最快的速度熟悉基层工作的要领方法,打开工作局面。连日地奔走让崔海涛从一个白面书生变成了肤色古铜、皮肤粗糙的"庄稼汉",裤腿上还经常沾着泥土。可就是这样一副地道的农民模样,让他与村民拉近了距离,增进了感情,变成了亲人。

从锦绣繁华的京畿之地到沟壑纵横的黄土高原，从宽敞明亮的办公室到偏僻落后的小山村，崔海涛用满腔热血带领村集体和贫困群众探索发展柿子产业，用责任担当带领群众脱贫致富。

由于马成寺村地处长武县巨家镇西北沟坡河滩地区，长期以来，自然条件恶劣、基础薄弱、产业滞后，这个村子不仅人口"空心化"，产业发展趋势和村民的精神面貌也有些"空心化"。但是中国银行扶贫干部的工作精神没有"退缩"两个字，崔海涛以高度的责任感和强烈的事业心，在扶贫工作中兢兢业业、恪尽职守、辛勤工作，出色地完成了各项任务，为扶贫工作作出了积极贡献。

如今的马成寺村，种植、养殖、加工产业蓬勃发展，人心凝聚、乡风文明，村民用自己勤劳的双手建设家乡、发展生产、美化环境、走向富裕和文明，成为长武县乡村振兴的标杆！

马成寺村的变化，只有亲身经历过的人才会有最切实的体会，下面将以马成寺村建档立卡贫困户刘永发之女刘静静小朋友以及中国银行派驻陕西省咸阳市长武县巨家镇马成寺村第一书记崔海涛的双重视角，讲述中国银行扶贫工作队在陕西省咸阳市长武县巨家镇马成寺村的扶贫故事。

一、村里来了个大哥哥

夜幕降临的时候，奶奶踩着沾满了泥巴的鞋子到了屋内，边脱鞋边告诉我村里来了一个叔叔，以后我们要有好日子过了，奶奶笑呵呵地问我要不要去看看。睡在床上，我盘算着叔叔的性格、长相以及年龄，可是令我没想到的是，第二天我就跟奶奶一起去看叔叔。去的路上，我很期待，到底是什么样的叔叔可以带我们过幸福生活呢？但是我发现，这是一个年轻叔叔，我看到他的时候他也在看我，忽然想起奶奶经常教育我见人要知道喊人，我就对着他喊了句"叔叔好"，没想到他却笑了，直接喊我小妹妹，起初我有点不好意思，他蹲下笑着对我说："小妹妹，你知道我多大吗？就喊我叔叔！以后你可以叫我大哥哥的。"说完还给了我一颗糖，大哥哥的手看起来非常干净，与村里人一点都不一样。回去的路上，我问奶奶："为什么大哥哥那么好，是不是其他叔叔也都好？"奶奶笑着说："傻孩子，当然了，他们都是好人。"晚上，奶奶坐在凳子上不知道在想些什么，她说："也不知道海涛这孩习惯不习惯，那么年轻的一个小伙子。"但是当时我并不知道奶奶在说什么，也不知道奶奶口中的海涛就是大哥哥，后来，听奶奶说："大哥哥是在北京长大的，这是他第一次来农村，并且是他主动要求来的。"

有天放学，家里面锁了门，我想着奶奶应该是下地了，因为这也不是一次两次了，我就没放在心上，

中国银行驻村第一书记崔海涛带领马成寺村党员参观习仲勋同志革命活动旧址

自然地从书包里掏出作业本趴在门口的小石凳子上面写了起来。没过多久，我就看到大哥哥从别的邻居家出来，他问我："小妹妹，你家人呢？你是打不开门吗？"我便老实回答："奶奶可能下地了，得傍晚才回来。"大哥哥用他干净的手摸摸我的头又望了望天，他说："现在天还早，你愿意去大哥哥屋里写吗？"我便去了，写完作业，我就跟大哥哥聊聊天，我问他："奶奶说你是第一次来农村，那你想家吗？"本来笑眯眯的大哥哥突然平静地看着我，他的眼眶红红的，他说了句："大哥哥都这么大了，当然不想家了。"说完他就别过身去，但我知道，他是想家的，是思念爸爸妈妈的，就像我一样，毕竟我们家就住在村里，大哥哥自己一个人该有多孤独啊。

一来二去，我逐渐与大哥哥还有其他的叔叔阿姨们熟悉起来。通过大哥哥的联系，咸阳市里有位阿姨她说我与她女儿差不多大，很是亲切，放寒暑假的时候会到家里来看我，给我一些钱、生活用品和学习文具，每次过来都鼓励我好好学习，我和阿姨的女儿也成了好朋友。姐姐的英语非常棒，经常会给我解答一些学习上的问题。反正呢，大哥哥他们来了之后，真的带给我了许多从来没见过的东西。

在风华正茂的年纪，他义无反顾地投身到农村扶贫工作当中；在青葱正盛的岁月，他无怨无悔地奋战在脱贫攻坚一线。

——刘静静

我是一个地地道道的北京人，在四九城胡同里长大的孩子，没去之前，很难想象出西北地区山沟沟里那贫困落后的面貌。

去马成寺村的路上，在翻越两条山脊之后，马成寺村出现在眼前。坐落在大山环绕的一块小盆地中央，黛绿色的远山和近处的古屋、河流汇成了一幅水墨画，真美！——但是，这里除了美景一无所有，这时的马成寺村正值脱贫摘帽前的冲锋时刻，村里没有像样的产业，贫困群众也因缺少致富门路而"乱投医"到处碰壁。看着一双双充满期望又无奈的眼神，看着淳朴善良的村民，我充满信心，我要在这里大干一场！

但是做起来却不是那么容易，马成寺村组织建设亟待加强、党员发展管理和教育培训不到位、政治理论水平不高……组织建设问题太突出了，群众对此有些意见，阻碍了全村的发展。我想，只有加强基层党组织建设、建章立制，才能增强组织凝聚力、向心力、战斗力，才能走好脱贫的第一步。

于是，我组织召开脱贫攻坚政策宣讲会，下发扶贫政策手册，并根据每户贫困户的具体情况，对照扶贫政策，有重点地宣传医疗、金融、教育等政策，确保扶贫政策户户知情、人人知晓。作为一个在城市里长大的孩子，刚担任第一书记的时候，我对农村工作、全村贫困户基本情况除了材料上的文字，几乎一无所知。但是经过一段时间的到村锻炼，我对全村贫困户的基本情况、大事小情，就能做到张嘴就来，情况全掌握、困难全清楚、贫困户全熟识。我要始终坚持"下乡风雨无阻，见面不落一人"的原则，进村入户、嘘寒问暖，让"每天一身土、一脚泥"成为常态。

刚到村里的时候，我看到村里村委会和办公场所，完全就是一层低矮又比较破旧的小平房，而其他村子的村委会与办公场所子都是盖着二层小楼。我想，应该先把村委会与办公场所搞好，把村委会的门面装起来。但是后来经过多方调研得知，马成寺村目前尚存在以下问题：一是村里面的中青年绝大多数在外务工，老人大多独居，一日三餐质量不高；二是村部面积较小，除"四支队伍"办公用房外，仅有党员活动室一间用于村党支部党建活动及"四支队伍"办公会议，难以满足村民议事、技能培训及阅读学习需求；三是村民婚丧嫁娶时大多自行搭建大棚、大办特办，雇厨师生火做饭，花费较高，负担较大。

在反复思考并征求乡镇和村里的意见后，我发现自己想修村委会办公室的这个想法并不符合实际的需要，还有人觉得是形式主义。正在这时，我在村里发现一处废弃的场所。想到调研后发现的那些问题，如果要增强深度贫困村村民获得感，聚焦民生领域才是目前最应该做的，于是我有了新的计划——按照"设施齐全、利用充分、群众满意、全面提高"的整体思路，将位于该村二组和三组之间的一栋空置二层楼改建为集爱心食堂、村民议事大厅、村党支部党建活动阵地、村民技能培训中心、图书室、红白事场地等多功能于一体的乡风文明中心，成为助民、安民、乐民、富民的生活文化中心。这座闲置的建筑，可使用的总面积为128平方米，其中，一层可使用面积80平方米，二层可使用面积48平方米，门前有面积为600平方米的广场，可以按照乡风文明中心"一室多用"的设计安排进行改建、装修和设施配备。

于是，我积极申请中国银行无偿援助资金，将这座闲置的建筑一层改建成了爱心食堂，设置厨房、餐

中国银行驻村第一书记崔海涛在马成寺村帮助贫困群众晾晒小麦

厅各一间。可实现三大功能：一是免费为村内70周岁及以上老人（全村现有70周岁及以上老人43人，其中，建档立卡贫困户老人27人）提供一日两餐；二是提高场地利用率，疏解村部非办公功能，在非用餐时段，爱心食堂餐厅成为村"两委"组织村民议事、村民技能培训、观看电影等集体活动场地；三是倡导和实现乡村简单清新的婚丧嫁娶新风尚，爱心食堂还为村民提供红白事场地及餐饮服务，有效降低红白事操办成本，减轻村民负担。二层改建成了村图书室，并接通互联网，用于村民阅读书籍及小规模研讨培训，同时作为村党支部的活动阵地，用于开展"三会一课"、组织党员进行学习交流和参加省市县远程教育等，原村部党员活动室则主要用于"四支队伍"日常办公会议。

虽然走在脱贫攻坚的路上，有时候我能做的只是一些不起眼的小事，但我不会放弃"脱贫梦"，我会带着对困难群众真挚的关怀以及对脱贫攻坚志愿服务工作由衷的热爱，用真心收获真情，为决战决胜脱贫攻坚战贡献青春力量。

中国银行将"聚焦产业项目、聚焦民生项目、聚焦深度贫困村"作为定点扶贫的重点方向，可以说，马成寺村发展扶贫产业，有着双重聚焦的优势，我一定用好用足各项帮扶资源，帮助村内贫困群众蹚出一条脱贫致富的产业发展之路。

但是作为一个在城市长大的北京人，第一次来到离市区最远的一个深度贫困村，这里四面环山，深居山沟，位置偏僻。寒冷的天气，饮食的不太习惯，晚上一个人的时候就有点孤独寂寞了。每当这个时候，对家人的思念总是浮上心头，但我不会因此选择放弃。在成为中国银行扶贫工作队的一员时，我就知道自己的使命与责任。

——崔海涛

二、爸爸妈妈回来了

在大哥哥他们一行人到来的一段时间后，村里也发生了翻天覆地的变化，而长期外出打工的爸爸妈妈也回到家中。这下，我不再只有奶奶，还有爸爸妈妈，家里的一切都变得满满当当的。我真的很开心，可以随时见到爸爸妈妈。晚上，坐在床边听爸爸讲着关于生活的规划，他笑着说："能陪在父母孩子身边，

中国银行援建的长武县巨家镇马成寺村设施农业大棚项目。图为中国银行扶贫工作队队员崔海涛在大棚里查看大球盖菇长势

在村里打工赚钱，就连每天的生活都有了盼头。"他还说："这几年趁着好发展，多攒些钱，回头把咱房子盖大些，家具买全些，咱也学着城里人去旅旅游，到时候带着丫头你们娘儿俩还有娘一起去看看外面的世界。"妈妈就打趣爸爸，赚了两个钱儿，乐得不知东南西北了，爸爸也欣慰地说道："放在以前，我是万万不敢这样想的，但现在不一样了，我们是有国家帮助

不少当地村民在食用菌种植产业的发展中，解决了就业问题

的人，哈哈。"

　　每天上学之前有妈妈叫我起床为我梳头，我也不再是每天乱糟糟的马尾。妈妈的手很巧，会给我编各种好看的发辫，每天被妈妈收拾得整整齐齐的，很多人都说我变了样，就连大哥哥见了我都说："小妹妹变漂亮了。"我就非常自豪地告诉每个人，这可是妈妈给我收拾的。变化的不只有我们一家，村里年轻人都回来了，整个村子也不像以前一样安静荒

2019年中国银行援建长武县巨家镇马成寺村设施农业大棚项目，为深度贫困村群众依靠产业脱贫打下坚实基础

凉了，上学的路上随处可见的是每个人的忙碌与笑容。总之，我心里甜滋滋的，这里的一切都在变得更好、更美。

爸爸激动地说："我们还年轻，有这好政策，咱得回来做点啥，不能一直在外面，咱要回家边挣钱边陪娃儿，虽然生活还要靠自己，但是现在国家政策好，咱也要动起来，不能光靠政策。"爸爸妈妈和其他的年轻人都一起学习大棚种植技术，并经常参加村

2019年，中国银行援建马成寺村设施农业大棚项目

里组织的种植技术培训，现在马成寺村村民脑子更活跃了，人也更自信了。

——刘静静

2019年，马成寺村通过中国银行帮扶资金50万元外加县、乡扶贫资金，建设了189座设施农业大棚，并在2020年年初利用其中的125座大棚种植大球盖菇。通过引进专业的种植团队，村内的食用菌和蔬菜种植产业逐步走上了正轨，村集体经济发展壮大了，每年村合作社可获得大棚租赁收入近10万元。此外，食用菌种植步骤繁多，用工需求量大，每年用工约1400人次，村民不出远门就可实现就业，贫困群众脱贫致富有门路了！特别是在2020年疫情期间，吸引了大量农村劳动力就近就地就业……

"在自己家门口可以工作赚钱，这要感谢精准扶贫的好政策。"正在大棚内管护香菇的村民童安丑有感而发。童安丑还说："前几年，地没流转的时候，我种了四亩二分地，务农丰收好的话还可以，丰收不好就不够吃，从这几年土地流转了以后，在社区之内打工干活很方便，吃住各方面也很方便，挣钱也比较可靠，有时间就有活干，一年还收入一万七八，生活一天比一天好了。"马成寺村村委会副主任童小平说："红松茸总占地面积75亩，建棚125个，带动村上77户贫困户脱贫致富，从3月份开始，最多的用劳力在七八十人。"食用菌大棚日常用工十几人，在疏菇的高峰期用工可达到80人，按照男村民每天80元、女村民每天60元发放工资。

除了大棚种植产业，我又发现了柿子的商机。马成寺村的柿子树不少——海拔高、昼夜温差大的自然条件孕育了这里香甜的柿子，但长期以来，因没有销路、价格极低，乡亲们从未想过要靠柿子增收，任其自生自落。一边是优质低价的原生态农产品无人问津，一边是发达地区市场上居高不下的价格，我一定要让优质的农产品走出大山，让遍布乡间的柿子成为马成寺村贫困群众脱贫致富的"金疙瘩"，发展深加工产业是唯一出路。

柿子的主产国是中国，柿子的优产区在富平，富平柿饼以甜、软、糯、无核的特点成为国家地理标志产品。那马成寺的柿子有没有机会像富平柿饼一样获得成功呢？为了验证"变废为宝"的可行性，我在2019年自掏腰包从村民家中先后收购7000余斤柿子，开着私家车、带着大货车，多次前往富平，邀请

柿子产业发展，逐步形成产业链

当地专业企业帮助试制柿饼和柿子醋，取得了不错的效果。经富平当地专家鉴定：马成寺的柿子完全可以用来制作品质优良的柿饼和柿子醋！这正是我们马成寺村努力打造的方向！从富平回来，我趁热打铁，组织村"两委"从富平引进了800株最新培育的柿子苗，改善马成寺村柿子品种，扩大种植规模。经多方努力，马成寺村柿饼、柿子醋加工厂建设已经完成，并即将成为马成寺村未来乡村振兴产业发展的重点工程和头等大事。我们中国银行投入无偿援助资金240余万元，在马成寺村建设一座现代化的柿饼、柿子醋加工厂。

2021年1月29日，迎着冬日的暖阳，马成寺村村民们欢声笑语，集聚一堂，与咸阳市相关领导、富平绿秦柿业有限公司负责人，以及马成寺村"四支队伍"成员一同见证着这激动人心的时刻——马成寺村柿饼、柿子醋加工厂建成投产。家门口的柿子有了销路，让乡亲们乐开了花，马成寺村的柿子产品也即将走出陕西大门，柿子产业的发展落地给了我极大的信心，也为马成寺村乡亲们脱贫增收增添了一重保障。

习近平总书记强调："要瞄准突出问题精准施策，做好剩余贫困人口脱贫工作，因地制宜发展区域特色产业，加快建立防止返贫监测和帮扶机制，加强易地扶贫搬迁后续扶持，多措并举巩固脱贫成果。"中国银行坚决贯彻总书记重要论述精神，汇聚各方力量，整合各类资源，因地制宜，从大处着眼，从小处着手，探索将产业锁定在村庄和县域，让小山村旧貌换新颜，民富产业旺。

柿子加工厂就像大家一起抚养起来的"娃"，一天天看着它降生、长大。柿子加工厂能够加快马成寺村柿子产业链、价值链的拓展，实现一二产业的深度融合，并谋划发展马成寺村自己的电商平台，不断壮大村集体经济，助力村集体打造一个"三产融合"的

"示范村"；同时，通过收益分红、技术培训、吸纳劳动力务工等方式，把贫困群众引入产业发展环节之中，不断提高劳动技能，提升"造血"功能，为乡村振兴开好局，为产业兴旺起好步。

——崔海涛

三、爷爷奶奶高兴了

现在，村里的晚上，不再安安静静，爷爷奶奶们站门口你一言我一语，喜滋滋地说笑玩乐。村里多了将近一半的人，这每天发生的事也更多了，就连不太爱在外面说话的奶奶也唠起了家长里短。每天晚饭后，在路灯的照耀下，随处可见的是一队一队的爷爷奶奶饭后散步，最常听到的一句话就是："吃饱出来遛遛，身体好。"

爷爷奶奶们在一次活动会议上领到了特别定制的羽绒服，他们说，只知道羽绒服很暖和，但是却从来没穿过。用奶奶穿上羽绒服时的话来说就是："这衣服穿身上轻飘飘、暖和和的，我就是在外面站一夜也不嫌冷，没想到，老了老了，还越活越年轻了呢。"

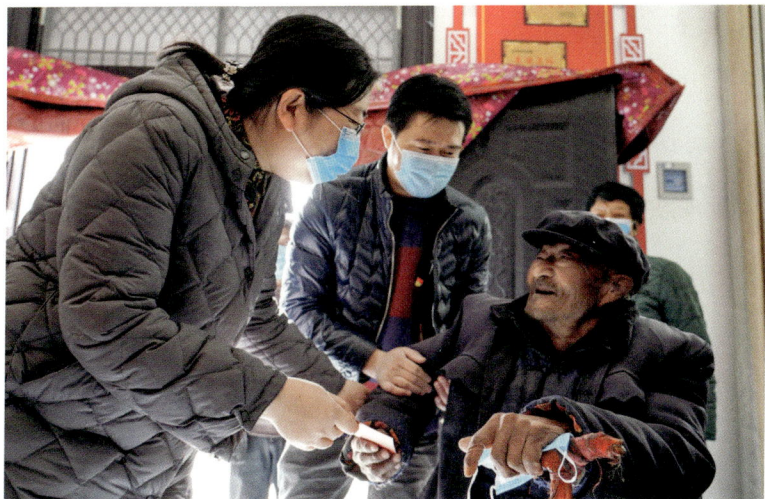

2021年1月，中国银行在马成寺村开展春节慰问活动。图为中国银行扶贫干部向马成寺村老党员发放慰问金

2020年9月，奶奶从村里领回来了很多棉被、护膝、拐杖、播放机、手电筒等东西，后来我才知道，这是崔海涛大哥哥将自己"娘家人"——中国银行国际结算单证处理中心几百位员工捐赠的"银龄爱心物资"，发放给了我们马成寺村每一位60周岁以上的老人，爷爷奶奶的生活质量越来越高。"当了一辈子农民，没想过自己能赶上这么好的事情，这日子越过越红火。"奶奶回到家就在不停地念叨着。在这一次又一次的改变中，爷爷奶奶们精神也越来越抖擞。

——刘静静

通过一次次的深入调查走访，我发现马成寺村在家从事农业生产的绝大多数是留守老人，年轻人基本外出务工，家里留守儿童较多，年龄结构不合理、科技文化素质较差，思想道德素质也有待提高。部分贫困户集体主义观念淡薄，个人主义严重，思想观念落后。于是，按照"精准扶贫、不落一人"的总要求，根据贫困户基本情况，我们进行逐户登记造册，一户一档，切实把扶贫对象识准、把困难家底搞实、把贫困原因核准，建立起与精准扶贫、精准脱贫工作相适应的精准扶贫档案。

如何解决喝水问题、如何发展经济项目、如何解决村级道路……扶贫的岁月里，我不是在村里调查落实、在办公室整理资料，就是在和村委干部在各个单位跑项目争取资金，虽然辛苦，但是辛勤付出换来的却是一项一项的精准扶贫项目落地生根，一户一户的贫困户脱贫摘帽，一栋一栋的民居旧貌换新颜，一条一条的硬化路进村入户，一滴一滴的自来水流出水龙头……

脱贫路上并不是一帆风顺的，有同事问我："你不怕麻烦吗？什么事都非要亲力亲为。"

我的回答是：驻村就要有股韧劲，不能怕麻烦。我们正是凭着这股韧劲，仅仅两年时间，马成寺村已变了模样：新修道路宽阔整洁，村容村貌焕然一新，移风易俗成效初显，村班子干劲十足……虽然小有成果，但是这不能让我们满足，我们将进一步理清思路，以更加有效的措施如期完成计划中的工作，不辜负组织和群众对我们的信任。

　　长武县巨家镇位于长武县县城东南部约40公里处，是全县8个镇办中地理位置最为偏远的一个乡镇。2017年，长武县委、县政府在巨家镇街道新建易地移民搬迁安置小区一处，共建设砖混结构安置楼5栋，室内总建筑面积1.18万平方米。2018年9月，来自巨家镇13个行政村的120户416名易地移民搬迁群众（均为巨家镇建档立卡贫困户）全部入住该小区，这里，居住着马成寺村27户贫困群众。目前，该小区已成为长武县规模最大、搬迁人口最多的一个易地移民搬迁安置小区，并已被推荐为省级易地移民搬迁示范点。

　　根据治污降霾工作要求，巨家镇易地移民搬迁安置小区锅炉最初设计为天然气锅炉集中供暖，小区及户内供暖管网已铺设安装到位，但由于缺乏气源，无

2019年1月，中国银行扶贫干部在马成寺村调研，市、县、乡、村几级干部共同谋划深度贫困村脱贫摘帽后的发展，大步迈向更美好的未来

法正常供暖。目前贫困群众只能使用电暖器或小太阳等临时取暖设备，这些方式取暖效果差、费用支出高、安全隐患大，仅能作为过渡性措施，但已新建的供暖管网及分户供暖控制装置为集中供暖创造了条件，如何寻找可靠、经济的供暖热源成为亟待解决的问题。空气源热泵模块机组正是解决这一难题的最佳方案。

2019年12月，中国银行挂职副县长赵春雨在深入农村学校开展"送温暖"活动时发现，由于治污降霾工作的要求，农村各中小学校和幼儿园于2018年拆除了20吨以下的燃煤取暖锅炉。这些锅炉拆除后，很难找到合适的取暖热源，绝大多数学校冬季取暖只能在教室使用电暖器、小太阳或加装电热板。这些取暖方式安全隐患大、效果差，室内温度普遍不足10℃。当看到教室里学生们穿着羽绒服小脸还冻得通红，双脚因为冻僵时不时还要踩一踩，伸出的小手很多都有冻伤时，赵春雨感到一阵阵的辛酸和伤感，同时也暗下决心，一定要想方设法帮助农村学校解决取暖难题，决不能让孩子们挨冻受苦。

赵春雨与取暖领域多个企业和专家进行了深入交流，广泛对比了天然气、生物质燃料、空气源热泵等市场上流行的新型取暖模式。通过综合对比、研判后发现，空气源热泵作为一种经济、高效的取暖方式已经在北京、河北、山东等地区的教育系统进行了推广和应用，但在陕西省应用较少；并且空气源热泵分为单体式和模块式两种，哪种模式更适合长武实际，需要进一步考察论证。

为了获得第一手最直观调研数据，赵春雨联系了空气源热泵的权威企业海尔集团，并带领长武县教育局奔赴千里之外的河北省辛集市，重点考察调研了五所不同规模的农村中小学校空气源热泵的使用情况。通过实地调研和与当地学校的深入交流研讨，模块机组得到了长武调研组的一致认可和肯定。该方式通过为整个学校安装一套空气源热泵模块机组作为强力制热热源，并与学校原有采暖设备相连接，可以节约成本，避免浪费；并且机组占地面积小、投资少、运营成本低、取暖效果好，室内取暖温度均在18℃以上，正是解决长武难题的不二选择。千里学习，终获真经，取暖问题的破冰之旅迈出了关键一步！

在试点过程中，赵春雨每天早出晚归，坚持到项目一线，从项目设计、问题排查等多方面与学校和企业进行协调和对接，最终仅用一周时间，就成功完成了两个试点的建设工作。经过测算，试点学校一个取暖季每平方米费用不到17元，大大低于燃煤取暖的费用，学校经费完全能够保证设备的持续运营。这些宝贵经验更坚定了后续大规模拓展项目的信心，在试点成功的基础上，赵春雨与县教育局全面走访了长武县农村学校，并第一时间拟定了解决农村中小学及幼儿园取暖问题的实施方案。该方案目标是实现长武县农村地区面积900平方米以上的28所学校和幼儿园取暖项目的全覆盖，通过支持各学校安装空气源热泵模块机组，一举解决28所学校9.0726万平方米、6135名在校学生(含1631名建档立卡贫困户学生)的取暖热源问题。

不过接下来，资金又成了不得不面对的一大难题。实施项目总投资达到了1100余万元，而县政府财政仅能拿出400余万元，剩下的700万元还没有着落。不能因为资金问题就停下脚步！为了解决资金难题，赵春雨、庞志远积极向中国银行总行汇报。在充分调研、广泛搜集第一手数据的基础上，加班加点、全面科学系统地撰写项目可研报告，将项目的实施意义和实施迫切性，项目采取技术的先进性和可靠性，未来运营可持续等多个方面进行了翔实、严谨的论证，最终获得了总行的认可和肯定，仅用时一个月，就为项目争取到了700万元宝贵资金支持，成为中国银行在"北四县"支持的最大金额的基础设施类扶贫项目，也成为中国银行教育扶贫的标志性工程之一。在大家的不懈努力下，通过以点带面、逐步推广的模式，全面、系统地解决了长武县农村地区亟待解决的各领域取暖难题，不仅有效增进了受益群众的民生福祉，也为中西部其他地区解决取暖问题提供了一种新的模式，树立了一个新的标杆。

空气源热泵模块机组模式在长武县农村地区学校的试点非常成功，因此，我又申请了中国银行无偿援助资金118万余元，解决了巨家镇移民搬迁社区入住的120户416名群众的取暖难题，这既改善了贫困群众的生活条件，又转变了他们的生活方式和理念，让他们感知体验现代城市生活观念和环境保护意识，更为解决长武县农村地区取暖问题提供了一个成功的新模式。"是党的扶贫好政策彻底改变了我们的生活，今年的这个暖气好得很，数九寒天的，家里温度一直都在20℃，太感谢中国银行了⋯⋯"马成寺村的贫困户王录信指着墙上的温度计对我说，过去家里用小太阳和电热板取暖效果不好，费用高还不安全，一个冬季的电费就要近2000元，老人小孩还经常感冒，现在户户通上了暖气，条件好多了，镇政府还给了取暖补贴，今年这个冬季120平方米的房子的取暖费用才700多元。

在解决了取暖问题后，另一个民生大事也进入我们的议程。农村厕所革命等问题也是马成寺村的一项重要任务，改善马成寺村人居环境也是一个重要突破

长武县新貌

　　口。我们在一次次大胆的探索与尝试后，在2020年上半年，结合咸阳"北四县"和村内实际情况，加强与先进企业合作学习，引入创新技术，多方调研寻求最优方案，申请中国银行无偿援助资金实施泡沫封堵式环保厕所改造项目，让马成寺村贫困群众感知体验现代城市生活观念和环境保护意识，成为深度贫困村物质和精神文明双提升的重要标志。

　　因为村子位于一个山沟，群众磨面要推着小麦走很远到山上面去磨，非常不方便。我们发现村民这个需求后，便在中银慈善基金会资助善款中，为马成寺村便民爱心磨坊购买磨面机、取石清粮机、玉米糁机各1台，彻底解决马成寺村村民外出磨面的难题，为村民的日常生活提供了极大的便利，并有效增加村集体资产，壮大村集体经济，提升深度贫困村农业基础设施水平和村民生活幸福指数。

富了口袋，也要富脑袋。在村里中国银行帮扶资金支持的乡风文明中心，我们经常组织"夜间会"等新形式给群众送去新政策、新技术，通过组织"道德评议讲堂"评选、"十星级文明户"等活动引导村民比学赶帮超；在人头攒动的"爱心超市"，乡亲们拿着劳动换来的积分卡换来了中国银行捐赠的粮油米面，摒弃了等、靠、要的陈旧思想；在便民爱心磨坊，使用中国银行帮扶资金购买的磨面机和玉米糁机运转不停，不仅彻底解决了困扰乡亲们多年的粮食加工难题，也通过中国银行消费扶贫，让村里小麦和玉米变成了我们北京同事厨房里的面粉和玉米糁……

——崔海涛

四、哥哥带我回家了

2019年暑假的一天，大哥哥告诉我要带我回他的家乡——北京，是为我们举行的夏令营活动。得知可

2019年2月，马成寺村，刘静静在黑板上书写《长征》

以参加以后，我不知道我是以多么激动的心情告诉爸爸妈妈奶奶的。在以前，我连幻想也没有过，毕竟我从来都没有出过远门，也没有见过外面的世界，我以为所有的地方都和马成寺村一样，但是可以与大哥哥还有其他小伙伴一起出去也是值得开心的，所以我是真的非常高兴可以参加中国银行这次举行的夏令营活动。我满怀期待，当我踏上车厢，看着渐渐远去的村庄，我觉得周围的一切都是那么新奇，我甚至舍不得休息，舍不得闭眼，我怕这是一场梦，我怕一睁眼我的梦醒了。事实证明，这并不是梦，因为，我参观了科技馆、奥组委，并且在体育馆学了滑冰。晚上还去国家大剧院看话剧：白雪公主与小矮人的故事。

我印象最深的是学习滑冰。刚看到冰场的时候，我心里感到害怕，当白老师给我讲了滑冰的要领，我就没有觉得那么害怕了，慢慢我听着老师的指挥独自练习，很快我进入了状态。我是学得最快的，也是滑得最好的，我感到自豪。这次的经历不仅使我开阔了眼界，更多的是让我对生活有了新的向往与希望，我知道了世界上不仅只有马成寺村。原来，大哥哥的家乡是这样的，就像课本里说的辉煌繁华又欣欣向荣。我问大哥哥后悔吗，放着这么好的地方不待，要去我们那样的小村庄。要是我，我就舍不得。大哥哥笑着说："那是因为你还小，大哥哥从来不后悔，这是大哥哥的工作，我认为这是非常有意义的，等你长大就懂了。"恍惚中，我似乎明白了什么，我发誓，我要加倍努力。——在行驶的车上，我写下一句话："我一定要考上北京的大学。"

——刘静静

"希望我长大后，能去北京，我要走出大山，去外面看看"——这是来自咸阳市旬邑县一名小学生发自肺腑的心声，更是成千上万个贫困孩子心中的愿景！

有一种童年，不限于教室；有一种成长，不止于书本。走出村庄，走出大山，亲身体验，才能让真实跃然于眼前，让认知印刻于脑海。

2019年8月6日至9日，咸阳"北四县"40位品学兼优的贫困学生在中国银行的爱心资助下，迎着晨曦，揣着梦想，一路向北，来到北京参加为期4天的"冬奥夏令营"活动，开启了全新的人生体验，认知、学习、感悟、成长……

在中国科技馆内，"科学乐园""华夏之光""探索与发现""科技与生活""挑战与未来"五大主题展厅，从航天科技到人类基因研究，从日常生活用品到电子产品，从实物展示到各种趣味实验装置层出不穷，让孩子们应接不暇。一个个科技发展的尖端成果一次又一次刷新着孩子们的认知，学生们在惊奇的感叹声中动手探索实践，用双手感受着高科技的无穷魅力。

在北京自然博物馆，以生物进化为主线，为学生展示了生物多样性以及与环境的关系，构筑起一个地球上生命起源发展的全景图。孩子们在欢乐轻松的氛围中，探索自然奥秘。透过"恐龙公园"化石的印痕，孩子们穿越时空，聆听来自遥远太古时代的声音，似乎看到了已经灭绝的生物。"神奇的非洲"将世界上最具代表性的野生动物及其生态环境还原再现，生动地向孩子们展示了动物界的神奇之美；植物陈列厅又似一部绿色的史诗，给孩子们叙述着植物亿

2018年，中国银行组织"北四县"40多名贫困高中学生赴上海参加复旦大学教育研学营

万年的演变。

滑雪场上，学生们在工作人员和老师的带领下有条不紊地换上了滑雪服，脸上满是跃跃欲试的表情……走进滑雪场，在滑雪教练的引导下，学生们分组开始热身，进行平地练习、原地滑动，从滑动式行走逐步进行跨步式行走。多数学生第一次体验到冰雪运动的乐趣，整个滑雪场被学生的笑声、歌声、欢呼声围绕。孩子们心潮澎湃，尽情地放飞自我，全方位地体验了冰雪运动的乐趣，感受了冰雪运动的魅力，不仅在风雪中战胜了严寒，还愉悦锻炼了身心，同时对"举办一届'精彩、非凡、卓越'的冬奥盛会"有了更深入的理解。

在国家大剧院，儿童歌剧《白雪公主》以通俗易懂的表达方式、优美动听的音乐旋律、丰富多样的视觉元素将童话书中的人物活灵活现地带到学生身边，为孩子们讲述着爱与正义的故事，"真善美"的神奇力量为孩子们指明了前进方向，也拓宽了贫困山区孩子们的视野，为他们实现心中理想插上一对多彩的翅膀。

2019年8月8日，第十一个"全民健身日"之际，40名"北四县"小朋友和中国银行员工子女共同"听冬奥宣讲、绘中国梦想"。在活动期间，中国银行冬奥办、党务工作部、扶贫工作队为小朋友送来了统一的带有冬奥标识的衣物，国际结算单证中心党总支为小朋友送来了书包。活动开始前，40名"北四县"学生与中国银行员工子女"破冰结对"，互相交换信卡，畅谈所见所感，分享经历和梦想。这些初来还有些拘谨、腼腆的山区孩子逐渐展现出聪明活泼的天性，组成4个小队，起队名，定口号，做游戏，一张张稚嫩的脸颊展露出对美好未来的向往。

此次夏令营活动是中国银行开展教育扶贫的一项具体措施，旨在让贫困学生感受奥林匹克精神的激励和鼓舞，树立通过勤奋学习改变命运的信心。正如刘连舸董事长所说："这次我们邀请'北四县'小学生和老师代表来北京参加'冬奥夏令营'，与中国银行客户和职工子女志愿者一起聆听冬奥宣讲、描绘奥运长卷，就是希望更多的青少年有机会从小了解奥运、接触奥运、热爱奥运，让'更快、更高、更强'的奥林匹克精神在青少年心中生根发芽！"

——崔海涛

孩子的眼睛是最纯净的，孩子的记录是最真实的。中国银行扶贫工作队在马成寺村的日日夜夜，成为村民日后的心心念念。这些可爱的队员们，用自己的汗水与热情，在两年时间内为马成寺村引入各项资金超过千万；解决了三万余人的饮水问题；带领群众将"精气神"转化为生产力，变"输血"为"造血"，产出实实在在的财富，实现一、二、三产业融合发展。在他们的努力下，在群众的积极配合下，摸索出了适合马成寺村振兴与发展的新道路。

时光荏苒，扶贫干部已驻村两年有余，从踊跃报名赶赴党组织软弱涣散村，到轮战深度贫困村。这期间，有迷茫，有无助，有孤独，有困惑，有辛酸，有快乐，有欣慰，有成就，更有收获与感动。立足岗位职责，无悔奉献，他们以及所有战斗在脱贫攻坚第一线的年轻干部们，用自己的实际行动书写了"不忘初心、牢记使命"的先锋本色！

2020年10月，中国银行党委书记、董事长刘连舸与十里塬镇双师英语课堂的学生交流并合影

第六章　我们的眼中常含泪水

2002年之前，陕西省咸阳市"北四县"对中国银行很多人来说，可能仅仅只是中国版图上的一个小小的"点"，甚至很多人根本就没听说过这个名字。但是，之后，特别是从2016年开始，中国银行，以一个大国大行的担当，在那片经过千年风霜洗礼的黄土地上，点燃摆脱贫困的希望，坚定奔赴幸福的决心，"北四县"为每一个中国银行员工所熟知。而"中国银行"这个名字，也被"北四县"群众挂在嘴边。

中国银行党委始终把定点扶贫作为重大政治任务，紧紧围绕"北四县"脱贫攻坚整体目标，切实加强组织领导，持续加大资金投入，积极选派优秀干部，广泛汇聚多方资源，大力创新帮扶举措，推动定点扶贫工作取得显著成效，助力当地如期打赢脱贫攻坚战。

一、稳脱贫，防返贫

2019年5月，"北四县"宣布脱贫摘帽。脱贫摘帽之后，如何稳脱贫、防返贫，成为这之后扶贫工作的主旋律。"打江山容易守江山难"，实际上，工作的难度不降反增。在难的情况下，还敢不敢迎难而上？在稳的同时，还敢不敢开拓创新？

在点亮乡村一期项目过会时，审批人问了一个问题：这

2019年11月，淳化县点亮乡村项目夜间验收，群众赶夜路再也不怕了

191

么难的项目，各种风险因素聚集的项目，大家为什么还要做？中国银行扶贫工作队的王蕾队长回答："中国银行扶贫工作队清楚地知道扶贫项目终身追责，也清楚地知道这个项目难度系数之高，之所以要做，只有一个原因，就是：值——也就是项目的意义配得上。"幸运的是，中国银行扶贫工作队这样的做法得到了总行的支持，一个个类似的项目陆续获批；而这些项目带来的虽不是轰动性的效应和美好的形象工程，却是人民群众实实在在的获益和长长远远的变化。

（一）用"市场化"保障"可持续性"

产业扶贫是促进贫困地区发展、增加贫困农户收入的有效途径。"北四县"扶贫干部干劲高涨，希望为村子里、镇上、县里引进好的企业和好的产业项目。中国银行扶贫工作队带着大家，坚持要素配置的投行思维，分析当地的要素禀赋，强化原材料供应、劳动力充足、村集体电商的联合品牌销售能力等市场化的要素优势。

大槐树村所在的塬上，种植着万亩花椒，劳动力也充足，中国银行扶贫工作队就帮着引进健康水煮五香瓜子的生产企业；马成寺村及周边地区柿子树遍地都是，但因难以采摘而自生自灭无人问津，中国银行扶贫工作队就帮助引进柿子醋和柿饼加工企业，还顺便带来了先进的采摘工具。

但是，有些企业看到了这样的形势，就会奔着补贴、援建等红利来，说他们想来扶贫，等到红利拿到了，就拍屁股走人了。怎么办？中国银行扶贫工作队摸索的经验是：用市场化来保障产业扶贫项目的"可持续性"。

王蕾有个"规矩"——即便是请来的企业，也要在座谈时亲口问一下企业：为什么选择这个村子？

进驻大槐树村的品令瓜子厂赵总回答说：看重这里有重要的辅料——花椒，更看重大槐树村集体电商及电商联盟强大的销售能力，我们想跟村集体一起做联合品牌。

王蕾跟队员们说：有所求的，是真正想按照市场规律做事的，而不是来套取政策红利；只有按照市场规律做事的，才可能做得长久。

如此这般，只要村子把承诺的合作事项和营商环境做到了，企业就是撵都撵不走了。

（二）用多样的机制带贫益贫

2019—2020年，中国银行扶贫工作队分两期实施旬邑县标准化厂房扶贫项目。根据协议，每年为园区周边10个村100个贫困家庭发放兜底保障金每人1000元；村集体经济发展金每村各1.5万元；中银扶志金每人1000元；中银教育公益基金13.8万元、中银残疾人关爱基金13.8万元。旬邑县太村镇喜得分红的贫困户代表手里拿着"扶贫"红包，喜悦之情溢于言表。

旬邑县中医药健康产业园是全省50个县域工业集中示范区，是咸阳高新区分园、苏陕对口扶贫"区中园"，重点发展生物技术新药及制剂、现代中药、医用材料及医疗器械设备、食品加工、生物技术等相关产业。园区已先后引进中国中药下属一方制药、海天制药、长青生物科技、国仁药业、天力源药业、农趣干果电商、凯德瑞啤酒、太旗食品等30多家医药食品企业。经过调研，中国银行扶贫工作队陆续申请支持了标准化厂房中的C1栋（一期）、A5栋（二期）建设，并将整体租赁给旬邑县龙头食品和电商企业——陕西农趣电子商务有限公司。

关键是，分红方式如此灵活！驻旬邑扶贫干部、副县长许元斌和吴暐掰着指头如数家珍：一期按照中国银行投入资金6%的年收益金（即每年50万元），每年将分红收益分为扶贫扶志金、兜底保障金、一般性保障金进行发放；二期按照中国银行投入资金的6%提取收益（即每年27.6万元），用于教育公益基金和残疾人关爱基金。

最重要的是，百姓真正尝到了甜头！该项目进一步完善园区医药产业链条，推动园区主导产业细分，吸引更多的企业入驻园区，激发园区产业发展活力，壮大园区经济体量；同时，将带动建档立卡贫困户在园区就业，多劳多得，持续增收，为园区周边群众提供稳定可靠的收入来源，真正做到扶贫与扶志相结合，让贫困群众尝到了扶贫分红带来的甜头，感受到扶贫政策带来的获得感和幸福感，进一步激发了贫困户的内生动力，带贫益贫成果显著，乡村振兴推动有力。

（三）筑起抵御因病返贫的堤坝

很多家庭都是因病返贫，扶贫干部深深思考如何才能为群众筑起抵御因病返贫的"堤坝"，既提高"北四县"的健康保障水平，又提高群众的自我保障意识，达到扶志的效果呢？

中国银行引入中国扶贫基金会"顶梁柱保险项目"，加上连续开展的"爱心中行"意外保险，综合性实现了与新农合、大病保险、医疗救助的无缝对接，并通过康复中心、接种中心、标准化卫生室、保险意识宣讲等系列项目筑起了抵御因病返贫的客观"堤坝"和主观"堤坝"。

2018年，为减轻咸阳"北四县"贫困群众"因病致贫、因病返贫"负担，中国银行牵线搭桥，主动与中国扶贫基金会积极对接，引入中国扶贫基金会"顶梁柱健康扶贫公益保险项目"，之后保持续作。

顶梁柱健康扶贫公益保险项目是专为18-60周岁的建档立卡贫困户提供目录外（不区分病种和医院，对住院总费用中政府保障后剩余"自付费用"进行补充报销）住院费用补充医疗保障，由中国扶贫基金会为符合条件的贫困户购买，从而减轻贫困户自付费用负担，降低因病致贫、因病返贫的发生率。

"感谢党的好政策，感谢中国银行引入这个好项目，给了我和家人新的希望。"淳化县润镇村民王飞激动地说。王飞患有慢性肾功能衰竭，先后在咸阳市第一人民医院和西安交通大学第一附属医院就诊治疗，治病花费了家里37万余元，经过医保扶贫"三重保障"制度报销后，顶梁柱健康扶贫公益保险项目又为他理赔报销了3.7万多元，减轻了他自付费用的经济压力。谈起党的好政策和顶梁柱健康扶贫公益保险项目，王飞心中充满着感激。

保险为贫困群众提供了客观保障，但这些保费是免费获得的，不会永远享有"免费的晚餐"。为了在客观保障之外筑起主观意识的堤坝，中国银行扶贫工作队联合各县新农合，在"北四县"广泛开展了保险知识和保险意识培训，引导大家将保险作为一个工具，作为一个杠杆，平滑变数，为自己人生的稳定提供保障。

还有一个好项目——预防接种门诊建设项目，减少了传染性疾病的发生率，从预防的角度筑起因病返贫的堤坝。

从近三年统计数据来看，"北四县"贫困人口疫苗可控类传染病比普通人群高出3—4倍，究其原因，一是由于贫困群众对预防接种工作普遍认识程度不高，参与度不够；二是承担此项任务的县级医院和乡镇卫生院均存在着接种门诊设施不全、信息化程度不高、流程不规范、预防接种质量差、有效接种率低等问题。

鉴于此，中国银行为了千千万万老百姓的健康，决定在"北四县"实施接种门诊项目。该项目的实施，一是规范预防接种流程。医疗机构预防接种门诊预检区、登记区、接种区、留观宣教区、资料区等功能区域设置更加完善，设施设备配备到位。这将推动疫苗接种流程更加规范，接种工作有序进行，有效解决了健康扶贫领域的一大难题。二是减少群众因病致贫、返贫问题发生。有效的疫苗接种是一项重要的基本医疗保障内容。该项目的实施，通过提供规范的接种环境和合格的接种服务，将切实提高预防接种工作的质量和水平，满足广大群众特别是数万名贫困群众对预防保健的服务需求，对于做好传染病预防控制具有极其重要的现实意义。三是让更多群众广泛受益。通过项目的实施，可以提高接种工作的效率和质量，普及健康知识，方便群众享受国家规定的预防接种服务，使群众普遍受益。特别是建档立卡贫困群众，为其开通预防接种绿色通道，优先接种，并减免其预防接种服务费，在脱贫攻坚结束后，也将根据政策变动，让更多的相对贫困群众优先受益，让预防疾病的健康屏障更加稳固。

事实上，这些长远安排已经在2021年新冠疫苗接种大潮中派上了用场。

（四）职业教育助脱贫

扶贫需扶志，志起需智撑，强技是保障，业兴百姓康。党的十九大报告强调，"坚持大扶贫格局，注重扶贫同扶志、扶智相结合"。何为扶志？扶志就是扶思想、扶观念、扶信心，帮助贫困群众树立起摆脱困境的斗志和勇气。何为扶智？扶智就是扶知识、扶技术、扶思路，帮助和指导贫困群众着力提升脱贫致富的综合素质。职业教育则是促脱贫、防返贫的天然良器，在精准扶贫中作用独特、不可或缺，是"造血式"扶贫的重要主体。

如何推动职业教育发展？中国银行扶贫有四类做法：

第一类是支持好的学科专业。"北四县"每县各有一所公办职校，扶贫干部主动联系调研情况，并针对汽修实训平台、电商专业培训和机器人等当地急需的学科给予了支持。

第二类是针对特困初中毕业生，在全国范围内挑选了全公益职校。这些孩子家庭极度贫困，免除学费后仍交不起生活费和证书考试费，面临着初中毕业即辍学。中国银行挑选的这些全公益职校可以为学生资助这些费用。

第三类是针对学习成绩太差、对继续学习丧失信心的拟辍学学生，挑选具有先进教育理念的"公益职校组合"，按照不同的情况推荐不同的孩子，因材施教。例如，百年职校就把这类"差生"看作"璞玉"，精心打磨成"宝玉"。

第四类是通过牵线搭桥组织当地职校和教育系统"走出去"，邀请职业教育名校校长"走进来"，学习与体验相结合，提升办学软实力。2019年6月，王蕾带领中国银行扶贫工作队、各县教育局、职教中心校长赴扬州旅游商贸学校、北京百年职校、"金龙鱼"等省外先进的职业教育学校考察，学习了学校的理念及对理念践行的精神，理解职教和扶贫之间的关系，探索合作办学的有效路径。

2018年5月，中国银行扶贫干部、时任旬邑县挂职副县长的雷舒然，突然收到一条陌生信息，来自旬邑县底庙镇一名驻村帮扶干部，希望她帮助一个18岁的建档贫困户的初二女学生。18岁尚未初中毕业？这位驻村帮扶干部给她讲述了一个令人心痛的事情，女孩因被家庭性侵伤害，上学断断续续，犯罪嫌疑人被抓，这名女生成为事实孤儿，辍学在家，周围则是异样的目光。雷舒然立刻联系百年职校负责"北四县"招生的封茹怡老师，这位投身公益事业十多年的老师当天就回复：虽然没有毕业证不符合招生条件，但百年职校的宗旨是帮助贫困学生，这样特殊特困学生更需帮助，学校同意特事特办，同意她到大连百年职校就读。一年后，雷舒然

中国银行连续多年开展"中银私享爱心荟——春蕾计划",为长武县中学数百名贫困女生发放助学金

收到一条微信,是这名女生在百年职校的一叠奖状,她以优异的成绩,回馈了所有关心帮助她的爱心人士,走上了自立自强的新人生。

2016年以来,中国银行全体扶贫干部行动起来,携手百年职校、金龙鱼烹饪公益班、李锦记希望厨师班、成都志翔学校走进咸阳"北四县",在淳化、旬邑、长武、永寿开展中职公益招生活动。中国银行扶贫工作队逐个家访,积极推荐"北四县"贫困家庭学生走出去,享受公益学校的爱心和帮助,引导贫困家庭学生走得更远走得更好,学习一技之长改变命运。

中国银行援建"梦想教室"，大力开展教育扶贫

截至2020年8月，已累计推荐百年职校入校85人，金龙鱼烹饪公益班18人，李锦记希望厨师班10人，成都志翔学校15人，将"北四县"130余名初中毕业即将辍学的贫困家庭孩子送进了全公益职业教育的校门，一人受教育全家脱贫，同时为社会的有效治理和稳定发展作出了应有的贡献。

（五）种下果农和村集体的"摇钱树"

"当了一辈子农民，没想过自己能赶上这么好的项目，这日子越过越红火！"旬邑县太村镇义井村贫困户许相军拿着分红款，脸上洋溢着幸福的笑容。这是2021年年初中国银行旬邑县果园农资工作站分红暨经验交流座谈会。室外虽数九寒冬，室内却暖意融融，村民们手里握着分红款，笑得合不拢嘴。副市长王蕾，市政府副秘书长雷舒然，旬邑县副县长许元斌、吴暐，陕西德盛源现代农业发展有限公司代表，义井村、下皇楼村四支队伍及项目受益群众代表30余人参会。

时间回溯到一年前，王蕾在调研中发现，旬邑县义井村、下皇楼村苹果种植面积都达千亩以上，但令群众和村上烦恼的是，各家各户生产的苹果品质不稳定，生产投入不足，技术缺乏，价格上不去，难以达到市场高品质的订单质量标准。同时，两个村都是村集体经济空壳村，一直找不到好办法突破这个"空白"。如何化解果农痛点、市场堵点、收入难点，帮助村上变扶贫"输血"模式为"造血"模式？

王蕾带领扶贫工作队多次实地调研、多方论证考察，结合两村实际，绞尽脑汁，为两村设计了果园农资工作站项目。项目以创新试点的方式，引入扎根当地的陕西德盛源现代农业发展有限公司进行合作，采取"公司+村集体合作社+果园农资工作站+果农"的运营模式，按照中国银行出资55%，农户自筹45%进行，聘请德盛源公司为果农提供种植指导、土壤修复、农技培训、农产品回购等全周期服务，引导群众在苹果供给侧实现提质增量、在消费侧进行品牌培育，并巧妙地将工作

中国银行扶贫干部送百年职校"北四县"新生赴学校报到

站为德盛源公司宣讲、组织的劳动化作经销收入，进一步转化为村集体收入。

这么"一箭双雕"的项目在推进时并非一帆风顺。很多果农已经习惯了过去"低投入低产出"的耕作方式，对高标准果园模式和新的果园管理技术没有信心，所以组织大家报名的时候，村民们都不积极。为此，王蕾带队，一场特殊的"市长座谈会"在下皇楼村开始了。会议桌的一边是村委会四支队伍和群众代表，一边是中国银行扶贫工作队。让大家谈谈看法，开始大家都不好意思讲，就说搞不懂，不想参加。几经鼓励，下皇楼村的潘少君终于说："我家一亩地成本1000元左右，收入2000多元；现在一亩地要投入三四千，万一效果不好，连本钱都收不回来怎么办？还有你们说一亩地的套餐三四千，我们掏1500就行，谁知道是不是本来就不值那么多钱！"

他的想法代表了大部分果农的小算盘。和农民群众打交道就是这样，明明是为他好，但要他们诚心接受，不下点功夫是

中国银行支持的旬邑县果园农资工作站项目，图为农资发放现场

不行的，拿事实说话才更有说服力。中国银行扶贫工作队可是有备而来的，之前他们已经在村子里做过调研，发现了村民身边活生生的案例——文小军家的"示范田"。于是把大家带到前期调研时发现的义井村文小军家的果园观摩。

跟苹果树交道打多了，大部分果农们一下子就能看出来，文小军家的果树树势的确好。"她家的果园近几年一直在用德盛源公司的套餐，也按照他们的要求进行管理，虽然一亩地要

2020年12月，马坊镇苹果技术培训现场

投入 4000 块,但是苹果产量和品质也比以前好很多,所以卖的钱也多,很值!现在还有中国银行的补贴,这多划算,她一下子报了 13 亩!"村民们的顾虑终于打消了,报名的热情上来了,不到半天时间报名就超过了 400 亩。

时间再拉回到分红座谈会上,义井村、下皇楼村群众代表竞相发言交流经验,畅所欲言,谈感恩、谈变化、谈展望,大家一致认为果园农资工作站项目为群众打开了一道致富门,中

文小军家的
苹果成熟了

国银行为群众办了大实事，这次分红，不仅让村民们尝到了甜头，也让大家看到了今后村里的发展方向。

谈到项目运行过程，陕西德盛源现代农业发展有限公司负责人张爱玲娓娓道来："人与人之间的相互信任和协作才是共同发展的前提，项目初期的实施举步维艰，部分果农持怀疑状态，不认可、不支持。鉴于这一实际，在两个村四支队伍的大力配合下，我们大家一起挨家挨户调查，将心比心访谈，最终确定了'共同合作、让利当下、投资未来'合作方式，在提供全程技术指导和服务的基础上，为大家提供低于市场30%价格的生产资料。事实证明，两村使用这个套餐的苹果的品质和口感都远远高于普通管理的苹果，可以说在第一年就看到了差别。赞誉靠的不是关系，不是行政命令，靠的是我们产品质量和马栏红苹果品牌的信誉度。自己的未来靠自己，一次的努力并不一定会立刻见效，但坚持努力一定会看到效果。"

中国银行扶贫工作队队长王蕾认真听取了大家的发言，带着大家一起回顾了中国银行扶贫工作队开展该项目的初衷、遇到的困难、采取的群众工作方法和最终取得的成效，对大家的一些观点进行了点评。她表示，项目实施一年来，通过各方共同努力，项目引导村民由"低投入低质量导向"转向"提质量提利润导向"，实施效果明显。农户参与度高，纷纷要求加入；客商来了，头回客变成了回头客；群众腰包鼓了，果农高质量发展的信心树立了；企业打下了长远经营的基础；村集体经济也取得了突破。项目正在实现着"三合一"共赢目标——农民地里的"摇钱树"、企业经销的"代言人"和村集体经济的"长流水"。

她鼓励两个试点村在项目收入分配机制上再探索、再完善，要求大家行动起来，更好地配合好、协同好，将这个项目做成精品项目和示范项目，扎扎实实蹚出一条合作共赢、利益共享的高质量可持续之路，以更充分的准备开启乡村振兴。

此次果园农资工作站项目是首年首次分红，义井村67户贫困户全部参与分红，每户300元，参与果园农资工作站项目的贫困户在每户300元的基础上，每亩地分400元，分红总额6.53万元。下皇楼村58户参与，贫困户18户，分红共计3.4万元，其余用于来年工作站运行。

迎着乡村振兴的曙光，义井村、下皇楼村群众正信心满满地走在一条阳光大道上⋯⋯

二、双胜利，再攀登

布谷飞飞劝早耕。时间进入了2020年，眼看着中国银行扶贫工作队即将与"北四县"一道，攀登上脱贫攻坚的最高峰，迎来老百姓开心的笑容时，一次又一次的巨浪袭击而来，"新冠肺炎"疫情的肆虐、果园霜冻以及小麦条锈病的出现，群众怎么办？粮食怎么办？面对着"脱贫攻坚收官+乡村振兴衔接"的必答题，挑战着"疫情防控+保产保收"的"加试题"，难上加难。但是，他们做到了！

（一）胜利的泪水：战疫扶贫双胜利

开始扶贫后不久，王蕾把女儿转学到了咸阳，5年中没有休过年假，每个假期她都主动留守。2020年的春节假期刚刚开始，她的坚守派上了用场。

"新冠肺炎"疫情来势汹汹。从大年初二开始，王蕾咸阳家里的书桌就成了"前敌哨所"。规划、联络、协调、视频会议、锁定救护车货源……王蕾指挥扶贫工作队队员因时施策，在总行的指导下，敏捷反应、精心谋划，将物资捐赠与防止返贫相结合，长期防疫与新增项目相结合。

困难当头绝不缺席。疫情发生后，中国银行扶贫工作队鼓励队员放弃春节休假，迅速返岗，按照总行通知，"听从地方党委政府要求，自觉融入疫情防控工作大局"。队员赵宝诚，派驻永寿县咀头村任第一书记，腊月二十九才安排完村里的工作返回家中，疫情突如其来，他惦记着村里的乡亲，大年初二就放弃难得的团聚机会，返回村里开展工作；挂职副县长王

中国银行扶贫干部奋战在抗疫最前沿

勇，在正月初四县里发现首例确诊病例后，第一时间返回工作岗位，紧急投入到淳化县抗疫工作中；驻长武县挂职副县长赵春雨、庞志远，正月初六由外地辗转返回工作岗位，按照当地要求，隔离期内接受任务移动办公，隔离期后深入一线检查指导……疫情肆虐之时，中国银行扶贫工作队迅速变身为战"疫"队，闻令而动、主动作为，一方面为队员提供返岗防护支持，一方面以实际行动为咸阳抗疫传递"中行温暖"。

多方筹措捐赠物资。疫情就是命令，防控就是责任。大年初二开始，中国银行扶贫工作队第一时间向总行汇报咸阳疫情

2020年3月，中国银行淳化县扶贫干部、淳化县副县长王勇、林永清为中国银行捐赠给疫区的苹果装车

形势和相关需求，总行党委高度重视，在防疫物资极度紧缺、物流受阻且中央单位正集中驰援武汉的情况下，中国银行情系咸阳，依托集团优势，发动中银投（香港）、卢森堡分行、东京分行、毛里求斯分行、陕西分行、江苏分行等境内外机构，采取境内外采购、员工个人境外带货、投资企业联络购买等多种方式，集全行之力，克服困难、竭尽所能，翻山越岭、漂洋过海，为"北四县"捐赠防护用品。自2月3日首批物资抵咸，截至3月10日，中国银行向定点帮扶的淳化、旬邑、长武、永寿4个县捐赠"抗疫利器"负压救护车4辆、口罩

13660 只、84 消毒液 2060 斤、护目镜 400 个、医用鞋套 9900 只、乳胶手套 2000 只、医用外科手套 500 双、额温枪 120 个，通过咸阳市红十字会，迅速、有序地分发到抗疫一线。特别是负压救护车项目，探索出了锁定货源、项目审批、签署合同、"分切环节、多线并行"的经验模式，针线虽多，针脚不乱，十天之内，完成雪中送炭。

全行动员消费扶贫。疫情带来农产品滞销困境，阻断了群众的经济来源，直接影响到脱贫结果和"成色"。中国银行扶贫工作队在筹措捐赠物资的同时，第一时间就"北四县"苹果仓储、物流和电商销售等情况进行了调研，迅速摸底滞销现状，向总行扶贫办加急报送。中国银行党委收到"北四县"关于苹果滞销的求助函后高度重视。2020 年 3 月 12 日，中国银行以视频形式召开"全行定点扶贫工作座谈会"，董事长、行长、监事长等行领导全部出席，党委书记、董事长刘连舸在全行扶贫大会上亲自部署，要求发动全行力量，助力"北四县"将疫情影响降到最低，为贫困群众守牢收入底线。他指出："不但要在疫情期间帮助'北四县'助销苹果，更要让大家吃苹果就要想起'咸阳马栏红'"。王蕾视频发言："助力抗'疫'、'苹'安迎春"消费扶贫活动，中国银行扶贫工作队首次负责供应端全程管理，全行上下积极采购，这是对我们的支持和信任，更是对我们绣花功夫的综合考验。这是正在进行的

中国银行扶贫干部抽查"助力抗'疫'、'苹'安迎春"活动产品质量

抗疫消费扶贫活动的真实写照。截至3月15日，中国银行"助力抗'疫'、'苹'安迎春"消费扶贫活动合计采购"北四县"苹果13.9892万箱，创造临时就业超过1000人次，支付工资约12万元，销售额近1000万元，预计月底接单量将达15.1万箱。同时，中银国际购买了总价20万元的"北四县"苹果，捐赠给武汉四家定点医院。活动不仅将疫情防控与脱贫攻坚紧密结合，更通过科学谋划，积极探索消费扶贫长效机制。听，这是一段段中国银行员工与"北四县"群众的隔空暖话："我在广东湛江下单了，距离'北四县'2093公里，你在

北方挨着山，我在南方靠着海，万水千山，并不阻隔爱。""这次苹果的品质非常好，服务也很暖心。既消费又扶贫，值！希望以后能坚持！""中国银行买了我家苹果，每天装箱还能挣100多块，这活儿一定得干好！"

天灾无情人有情。面对果园霜冻需要紧急救灾、小麦条锈病传染威胁，中国银行扶贫工作队及时联系当地果业部门询问自救措施后，立即申请救灾补助资金，先后投入80万元实施旬邑县、长武县霜冻救灾项目，投入60万元实施永寿县、淳化县小麦条锈病防控项目，保产业安全，保夏粮安全。

中国银行投资建设大槐树电商中心，发挥集体电商优势，促进产业发展和就近就地就业

复工复产抓项目。复工复产阶段，中国银行扶贫工作队大力推动复工复产、春耕备耕扶贫项目，加快项目申报，督促实施进度，弥补疫情影响，重点规划了苹果冷链、素养教育、卫生防疫、厕所革命、乡村治理、消费扶贫等一批能带来新增长、激发新活力、常态化防返贫的项目，集中火力攻坚脱贫道路上最后的"硬骨头"，以实际行动助力"北四县"疫情防控和脱贫攻坚双战双胜。

这一年，面对一波又一波的巨浪袭击，他们迎难而上，救灾抗疫，老百姓安全了，粮食丰收了，咸阳取得了战疫扶贫双胜利。回顾这段战斗的岁月，队员们无限的感慨与豪情化作了感念的眼中的胜利的泪水。

（二）振奋的泪水：无水环保厕所诞生记

小厕所，大民生。厕所是人们对抗传染性疾病的重要战场之一，与人民健康福祉和疫情防控息息相关，特别是2020年"新冠肺炎"疫情防控中，防止细菌感染的卫生习惯、阻断病毒传播的周围环境凸显了重要性。小厕所，大扶贫。厕所也是事关卫生健康领域扶贫的重要一环，与脱贫攻坚、防返贫息息相关。小厕所，大文明。厕所更是连接脱贫攻坚与乡村振兴的重要衔接点。厕所问题不是小事情，是城乡文明建设的重要方面。

基于以上原因，王蕾在收到"北四县"有关乡镇提出的厕改援建需求后，高度重视，把厕改作为实施健康扶贫及衔接乡村振兴的重要一环，迅速行动，仔细调研，带领中国银行扶贫工作队先行试点。

由于咸阳"北四县"平均海拔约1000米，冬季寒冷、常年干旱，水冲式厕所虽然能够满足卫生需求，但对"北四县"的适用性不佳，主要体现在：一是耗费宝贵的水资源，"北四县"饮水安全工程的建设成本高，部分地区的打井深度已超过700米，水格外宝贵；二是用水冲厕所增加了所需处理污染物的体积，意味着后续运维成本高；三是稳定性风险高，遇到停

中国银行为淳化县95个贫困村新建95座"2+1小便间（三厕位）"泡沫封堵式无水环保移动公厕，在官庄镇新建1座"5+2（七厕位）"泡沫封堵式无水环保移动公厕

水、冰冻等故障，厕所难以发挥作用，卫生程度甚至比传统旱厕还差；四是需要保暖设施，增加成本，一些保暖设施不到位的地区则会面临使用上的不便利或暂停。因此，对于"北四县"而言，需要因地制宜，找到初始成本及长期运营成本综合较低、且对整体生态环境有利的新型厕改方案。

面对一个个问题，王蕾带着扶贫工作队队员东奔西跑，外出考察，下县调研，咨询论证⋯⋯2019—2020年，针对农户、学校（操场）、村委会三个不同的厕改主体，中国银行扶贫工作队分别在旬邑县和长武县试点了四种类型三种产品的生

无水环保厕所是咸阳"北四县"厕改的重要成果

态无水厕所。经过一年的调研和试点，中国银行扶贫工作队将三款无水环保厕所经历一个冬季的检验，找到了不同使用场景下"最适合的那款"，并逐步推广。

现在"北四县"很多学校、村委会的无水环保厕所，简直就是一道亮丽的风景线，不仅外管美观，大家连声赞叹，而且使大家养成了文明如厕的好习惯。更重要的是，厕所与人民健康福祉和疫情防控息息相关，特别是在疫情防控中，这些无水环保厕所既符合了"北四县"实际，又在防止细菌感染的卫生习惯、阻断病毒传播的周围环境中凸显了重要性。学生们上完厕所笑了，群众在村委会上完厕所连声直夸：这么高级漂亮还不冻的厕所，竟然安在了他们村了。而那一刻王蕾情不自禁流下了振奋的泪水……

就像她在决定申请高难度项目时总爱讲的那样："难做的事更要干出彩！"王蕾深知，民生无小事，随着科技的发展和政策的变化，一定会不断地有更适合的厕改方式出现，因此万不可盲目铺开，关键是要把试点过程中的经验和规律性的东西总结好，为此，她多方收集资料，形成了一份厚厚的《关于渭北旱塬无水环保厕所改造的试点分析报告》，不仅就目前的解决方案进行了比较分析，而且对未来的工作提出了政策建议。

中国银行支持的正大农牧扶贫产业项目一期场址——永寿县甘井镇南邵村种猪养殖场

（三）喜悦的泪水：正大项目落地了

2020年8月10日，中国银行—正大扶贫项目一期投产仪式在永寿县南邵村举行。历时四年，正大项目终于落地了！扶贫干部的眼中噙荡着喜悦的泪水。

2016年，在泰国正大集团总部，时任中国银行董事长田国立拜访了正大资深董事长谢国民，谈的就是这个正大项目。

中国银行为进一步响应国家"以建设现代农业产业体系为重点，积极推进社会主义新农村建设"及"产业扶贫、精准扶贫"的号召，携手正大集团助力咸阳脱贫攻坚。中国银行不仅注入6700万元资本金，还对该项目提供5.26亿元贷款。

项目由正大集团负责运营，采用世界最先进的理念、最高的工艺标准，全自动化生物福利性养殖技术，完整的养殖体系，"种养结合"、粪水还田的有机生态模式，能够最大程度实现资源的有效利用和生态环境的可持续发展。

该项目主要在永寿县、长武县实施，在当地政府、中国银行、正大企业以及项目公司的共同努力下，探索出四位一体的"投贷联动"多元化金融扶贫新实践，目标是形成种植—饲料加工—种猪繁育—生猪饲养—生猪屠宰—肉制品深加工等环节一条龙模式，实现从农田到餐桌的全产业链体系，助推农业产业加快转型升级，真正实现农业产业规模化、标准化、集约化和粪污资源化利用，有效改善农牧业生产环境，降低农田化肥使用和农业生产成本，实现生态与发展的有机结合。

永寿县挂职副县长辛本胜、万蔚等扶贫干部见证和参与了永寿项目建设的主要环节，申请中国银行资金，帮助解决了项目配套三通一平、产业用水等难题。目前，占地约2000亩的正大永寿种猪场项目一期已正式投产，共建设6000头种猪场1座，11200头育肥场8座，年出栏肥猪15万头。

该项目将在加快区域产业结构调整、直接带贫益贫方面发挥示范引领作用。以永寿县为例计算，正大永寿项目连续20

年支付不可撤销固定资产租赁收益金，共计2亿元，可为全县脱贫攻坚成果巩固提升提供有力资金保障，12601户贫困群众将全面受益，形成长效益贫扶贫机制；该项目在永寿县涉及场地11块，流转土地1400亩，涉及农户328户，20年土地流转收益金共计1800万元，户均财产性收入5.4万元。项目建设运营期间可提供就业岗位700多个，年工资性收入1750万元。2.5万亩有机大田和果蔬种植基地每年带动农户经营性收入1250万元。有了龙头企业的带动，群众不仅可以在家门口上班赚钱了，而且还能拿到分红资金，日子一天比一天红火了，干劲一天比一天足了……

（四）希望的泪水：绽放教育均衡之花

在省市的大力支持下，在各县的持续努力下，"北四县"学校硬件水平得以提升，但学校的师资力量相比城市而言比较薄弱。在这种情况下，要让孩子们学到一口标准的英语口语，确实有点难度。经过几个月的考察研究，中国银行扶贫工作队终于引进了"双师课堂"项目，将这一难题解决了。

中国银行扶贫工作队曾经请俞敏洪老师到"北四县"开展励志演讲公益行。那次，俞老师还带来了北京情系远山公益基金会。北京情系远山公益基金会是由新东方和好未来两家教育机构共同发起，旨在汇聚优质教育资源，探索乡村教育问题的

"双师课堂"上，学生们努力学习

解决路径，致力于用科技推动教育均衡发展。"双师课堂"是线上"名师授课"与线下"实时辅导"相结合的教学模式，主要针对咸阳"北四县"乡村师资力量薄弱，英语教师发音、口语不够标准的情况，由新东方、好未来经验丰富的小学英语教学名师远程线上直播授课，现场教师负责线下配合课堂组织与管理、课后辅导、章节检测、效果反馈，并通过线上线下积极备课研讨共同完成教学任务。这一项目可以有效解决农村小学英语教师短缺、师资力量薄弱等问题，同时培养、帮助农村小学英语教师专业成长和能力提升。

"北四县" 34 所学校 109 个班级自从引进了"双师课堂"

项目后，英语课堂发生了巨大的变化。老师拿着课本走在教室行间，不过与往常不同的是，这一次老师不用讲课，在视频的另一头，情系远山双师课堂的老师正在和孩子们实时互动，课堂气氛十分热烈，孩子们激情高涨，情绪饱满，正在专注地说着、读着、写着……郑家镇中心小学鲁静妮老师深有感触："情系远山双师课堂师资力量雄厚，授课教师课堂教学能力都有自己的独到之处，个人魅力十足，深受学生的喜爱。课堂创设真实的生活情景，通过引入游戏、故事、歌曲、竞赛和精美的插图等让学生将所学语言积极运用于生活。线上老师以传帮带的模式，进行课前备课、课中带课、课后培训，解决我们乡村小学英语教师力量薄弱问题，英语教师专业能力和教学水平明显提升。"看到这样的课堂气氛，听到小学生们一句句标准的英语出口成章，扶贫干部的脸上都露出了笑容。不仅口语提升，而且通过成绩测评发现，"双师课堂"的学生们笔试成绩也获得提升。

如果说"双师课堂"有效缩窄了英语教育的城乡差距，还有一个叫作"梦想教室"的项目，则有效缩窄了素养教育的城乡差距。

素养教育和应试教育有什么区别？两个互相冲突吗？乡村小学需要在现在就提升素养教育水平吗？中国银行的挂职干部们意识到，素养教育和应试教育不是必然割裂的，现在一些应试教育的考卷非常综合，难度大幅增加，还有许多活学活用的东西，对素养教育的要求也越来越高，未来趋势将是应试教育和素养教育相结合、相挂钩，因此实施素养教育项目对于提升普遍意义上的教育均衡具有重要意义。于是，在素养教育的征程中，中国银行的挂职干部们一步一步走出了新的模式，一次又一次做出了成功的探索。

和煦的春风里埋下了希望的种子，炎热的盛夏结出了累累硕果！在中国银行援建的实验中学梦想课堂上，一堂"生命无价彼此珍爱——我的最爱"的现场教学正在进行。教室里，学生们被分成七个小组，围坐在不同颜色的桌旁。同学们兴趣热烈，积极参与互动，每个人的眼睛都亮晶晶的，闪耀着好奇与快乐……在轻松愉快的课堂氛围中，老师通过多样的活动和情境创设，带领孩子们进入角色，让孩子们感受了浓浓的亲情、友情，以及每逢在险情危机中，总有"逆行者"的身影，这些情境让大家深切体会了人间大爱，激发出对课堂教学活动的浓厚兴趣。

梦想教室项目是由真爱梦想基金会研发管理，通过标准化的梦想中心素养教育服务体系，提供包括梦想中心（硬件）、梦想课程（软件）、梦想领路人培训（教师培训）、梦想盒子（线上交流社区平台）在内的公益产品（五年），帮助老师提升教育教学的专业能力，促进教书育人价值意义认同，进而启发孩子们自我意识，探索更大的世界和更广阔的人生。梦想课程以"问题比答案更重要，方法比知识更重要，信任比帮助更重要"为课程理念，突出素养教育，帮助学生自信、从容、有尊严地成长，帮助教师自信、从容、有尊严地生活。

截至目前，中国银行已经在"北四县"38所学校引入了该项目。2018年，中国银行在旬邑县实验中学捐助建成了首个梦想教室，2019年又加大支持力度，为旬邑县湫坡头中学、马家堡齐心希望小学捐助建成了两个梦想教室项目。2020年，中国银行与真爱梦想基金会继续携手合作，分别为土桥中学、赤道九年制实验小学、马栏齐心九年制学校等8所学校新建了8个梦想教室，接着又在旬邑县13所学校、长武县13所学校实施梦想教室项目，有效推动了梦想课程和素养教育在旬邑县扎根落地、深入实施。

下一步，王蕾带领中国银行扶贫工作队正在规划，如何与上海真爱梦想基金会深入合作，在旬邑县组建梦想沙龙，在淳化县、永寿县新建梦想中心；引入类似基于"国际理解"课程的微电影项目，由学生拍摄制作关于中国扶贫的短片，再通过外国志愿者向外传播，把中国的扶贫故事讲到国外；真爱梦想基金会的"去远方"等课程与咸阳各县区都有合作的潜力和空间，可以建立合作，培养一批种子校长和老师，促进义务教育内涵发展、特色发展。

　　看到梦想课堂上越来越自信、开放的孩子，想到未来更美好的蓝图，扶贫干部的眼睛湿润了。为什么我们的眼中常含泪水？因为对这片上地爱得深沉！

后　记

　　2021年2月25日，庄严的人民大会堂，习近平总书记代表党中央宣布脱贫攻坚战取得全面胜利。那一刻，每一位中国人都心潮澎湃。就在这一天，在党中央、国务院授予的全国脱贫攻坚先进集体和先进个人荣誉榜上，中国银行四个字赫然在列。因为定点扶贫工作的优异表现，中国银行党务工作部（扶贫办）定点扶贫团队和中国银行扶贫工作队被党中央、国务院授予"全国脱贫攻坚先进集体"荣誉称号。

　　这个荣誉，属于全体中国银行人，数年耕耘终不负，热血青春绘蓝图。

　　时间回溯到1994年，中国银行义无反顾地投身于扶贫大业，连续7年定点帮扶福建龙岩地区。2002年，中国银行由东海之滨转战渭北旱塬，在咸阳"北四县"这片土地上开启扶贫新征程，赓续革命专区红色基因。

咸阳"北四县"地处黄土高原腹地，层层叠叠的山脊记录了老区曾经的沧桑与辉煌，也阻滞了乡亲们走出大山、冲破贫困的脚步。

怀抱"以中国之银，供中国之用"梦想而生的中国银行，在扶贫工作上，创造性践行"融通世界、造福社会"的历史使命，制定实施了"十个一批"的帮扶举措，助力当地县委政府有力帮助乡亲们束缚住了贫困的苍龙！

通过"安排一批信贷资金、帮助引进一批企业、推动落地一批金融政策、协助销售一批优质农产品、建立一批村镇银行、用好一批慈善基金、引入一批国际资源、帮助培训一批地方干部、增派一批扶贫干部、推荐一批就业岗位"，中国银行探索出一条贫困人口持续受益的扶贫模式。

正大项目的30万头猪"嗷嗷叫"，"咸阳马栏红"果香意更浓；下雨天乡间道路不再泥泞，无水环保厕所大显神通；娃娃们走出大山长见识，父母们返乡创业干劲十足；幸福院里老人欢歌笑语，职业教育学院里年轻人苦练本领；洋专家漂洋过海大显身手，"公益中行"把"北四县"的农产品搬上了城里人的餐桌……

截至2020年，中国银行累计向咸阳"北四县"投入4.51亿元用于扶贫，帮助16万老区贫困群众与全国人民一道迈入全面小康社会。在全国层面，脱贫攻坚战打响以来，中国银行

2021年3月，中国银行召开脱贫攻坚表彰会，行领导与受表彰代表合影

全行累计投入和引进无偿资金近7亿元，实施扶贫项目近6000个，购买和助销贫困地区农产品7亿余元。2017—2020年，在国务院扶贫开发领导小组对中央单位的定点扶贫工作成效考核中，中国银行连续四年被评为"好"。

薪火相传，大行担当。脱贫攻坚战打响以来，中国银行累计派出3000余名扶贫干部，全部为共产党员。他们秉承和践行中国银行"卓越服务，稳健创造，开放包容，协同共赢"的企业价值观，以扎实有为的工作，用心把红色老区的底色擦拭得更加鲜艳夺目。

在2021年的中央农村工作会议上，习近平总书记指出，脱贫攻坚取得胜利后，要全面推进乡村振兴，这是"三农"工作重心的历史性转移。这也意味着，开展"三农"工作有了新方向——走中国特色社会主义乡村振兴道路，全面实施乡村振兴战略，强化以工补农、以城带乡，推动形成工农互促、城乡互补、协调发展、共同繁荣的新型工农城乡关系，加快农业农村现代化。

面对新挑战，中国银行人将进一步坚定信心，奋勇拼搏，在以习近平同志为核心的党中央坚强领导下，以一个国有大行的担当，为乡村振兴再立新功，为人民幸福奋斗不止！

图书在版编目（CIP）数据

我们在咸阳：中国银行扶贫故事／中国银行定点扶贫工作领导小组编著. -- 北京：作家出版社，2021.8

ISBN 978-7-5212-1454-3

Ⅰ. ①我… Ⅱ. ①中… Ⅲ. ①报告文学 - 中国 - 当代 Ⅳ. ①I25

中国版本图书馆CIP数据核字（2021）第116783号

我们在咸阳：中国银行扶贫故事

编　　著：中国银行定点扶贫工作领导小组
责任编辑：兴　安　宋辰辰
特约编辑：赵大新　刘　怡
装帧设计：意匠文化·丁奔亮
出版发行：作家出版社有限公司
社　　址：北京农展馆南里10号　　邮　　编：100125
电话传真：86-10-65067186（发行中心及邮购部）
　　　　　86-10-65004079（总编室）
E-mail:zuojia@zuojia.net.cn
http://www.zuojiachubanshe.com
印　　刷：北京盛通印刷股份有限公司
成品尺寸：152×230
字　　数：140千
印　　张：15.5
版　　次：2021年8月第1版
印　　次：2021年8月第1次印刷
ISBN　978-7-5212-1454-3
定　　价：72.00元